꿈을 파는

오늘의
청소년
문학

35

# 꿈을 파는

· 김미승 지음 ·

# 달빛제과점

다른

## 차례

· 수습생과 종업원

○

딸랑딸랑, 종이 울려 댔다. 주방에서 일하는 단이를 부르는 신호다. 단이는 설거지를 하다 말고 잽싸게 가게로 뛰어나갔다. 미우라 부인 대신 계산대에 앉아 있던 히로세가 턱짓으로 안쪽을 가리켰다. 탁자를 치우라는 뜻이었다. 탁자 위에 먹다 남은 빵과 포크가 어지러이 놓여 있었다.

'치, 입은 뒀다 엿 바꿔 먹으려나. 기분 나쁘게 왜 턱짓이야?'

사람을 무시하는 히로세의 거만한 태도가 하루 이틀 일은 아니지만, 단이는 매번 기분이 나빴다. 쟁반을 챙겨 들고 치우러 가려는데 계산대 밑으로 히로세의 게다(일본 사람들이 신는 나막신)가 삐져나와 있었다. 늘 아무렇게나 벗어 놓아 눈에 거슬리던 터였다. 단이는 게다를 툭 차고 지나갔다. 게다가 의자 다리에 부딪히는 소리가 났다.

"야, 너 이리 와 봐. 지금 뭐 하는 거야?"

히로세가 인상을 팍 쓰면서 단이를 불러 세웠다. 나이답잖게 이마에 잡힌 주름이 지렁이처럼 꿈틀거렸다.

"어머, 이를 어째! 게다가 통로에 나와 있는 걸 미처 못 봤네, 죄송합니다."

단이가 호들갑스럽게 말하며 고개를 숙였다. 저도 모르게 입술 끝이 슬쩍 올라갔다.

"눈은 폼으로 달고 다니냐?"

히로세가 눈을 부라리며 쏘아보았다. 가까운 자리에 앉아 있던 세일러복을 입은 일본인 여학생들이 빵을 먹다 말고 킥킥거렸다. 여학생들을 의식했는지 히로세가 얼굴이 빨개지며 다시 턱짓을 했다. 게다를 제자리에 갖다 놓으라는 뜻이었다. 단이가 못 본 척 탁자를 치우러 가려는데, 히로세가 다리를 걸었다. 탁자를 잡지 않았으면 넘어질 뻔했다. 단이 얼굴이 빨개졌다. 여학생들이 또 까르르 웃었다.

"탁자를 치워야 해서……."

"빨리!"

히로세가 꽥 소리를 질렀다.

그때 외출했던 미우라 부인이 문을 밀고 들어왔다. 단이는 처음으로 부인이 반가웠다.

"무슨 짓이야? 손님 계시는데."

"아, 그게……."

히로세가 변명하려다 말고 제 게다를 주워 신었다. 미우라 부인이 히로세를 째려보고는 손님들을 향해 상냥하게 미소를 지어 보였다. 사장 부부는 손님에겐 철저히 친절했다. 항상 미소를 띤 채 '아리가토(고맙습니다)'를 해 댔다. 그러나 그 상냥한 웃음이 조선인 종업원을 향할 때는 냉혹하게 돌변하곤 했다.

가게 안을 빙 둘러보던 미우라 부인이 어지러운 탁자를 보더니 눈살을 찌푸렸다. 단이는 탁자를 치우러 가다가 멈칫했다. 하필 탁자 뒤쪽 구석 자리에 미우라 사장이 젊은 남자 두 명과 앉아 있었다. 무슨 긴한 이야기를 나누는지 단이 쪽은 쳐다보지도 않았다. 단이는 온몸의 신경이 곤두섰다. 바로 저 자리……. 불현듯 몇 달 전 일이 떠올랐다.


"가 봐야 별수 없을 거야. 앉은 자리에 풀도 안 날 사람이야. 빵 만드는 기술도 최고지만, 냉혹하기로도 타의 추종을 불허해."

정태가 단이를 말렸다.

"그게 말이 돼? 당장 외상값을 못 갚으면 가게를 대신 내놓으라니, 칼만 안 들었지 순 강도잖아. 내가 찾아가서 사정을 설명하고 부탁해 볼 테야."

단이의 강경한 태도에 정태는 더는 말리지 않았다. 말린다고 그만둘 단이가 아니라는 걸 알기 때문이다.

"마음 단단히 먹고 가."

"아무것도 안 해 보고 이대로 당할 순 없잖아!"

단이는 번화가 중심에 있는 가게를 찾아갔다. 2층 건물에 한 면이 유리로 되어 있어 눈에 쉽게 띄었다. 햇빛을 받은 커다란 '모야제과점' 간판이 눈을 찔렀다.

'이렇게 번듯한 가게를 하면서 왜 하찮은 하꼬방(판잣집) 가게를 뺏으려고……'

모야제과점이 자리한 네거리는 널빤지로 허술하게 지어 놓은 가게들이 즐비한 부두와 분위기가 달랐다. 건물들도 반듯반듯하고 알록달록 색을 입고 있었다. 뱃사람들과 지게꾼들이 넘치는 부두와 달리 양복을 빼입은 신사들과 양장을 차려입은 신여성들이 거리를 활보하고 있었다.

모야제과점 유리창 너머로 먹음직스러운 빵들이 수북하게 진열되어 있었다. 단이는 저도 모르게 단팥빵을 찾아 두리번거렸다. 먹어 본 빵이라고는 단팥빵이 유일했다. 그마저도 정태 덕분에 맛본 것이다. 진열대 가운데쯤에 단팥빵이 놓여 있었다. 단이 입가에 빙그레 미소가 번졌다. 그런데 정태가 준 단팥빵과 달리 진열대의 단팥빵은 빵빵하게 부풀고 윤기가 자르르 흘렀다. 입안에 침이 고였다.

"와, 빵이다!"

엄마 손을 잡고 지나가던 아이가 소리치며 엄마를 잡아끌었다. 아이의 등쌀에 엄마가 가게 문을 열자 고소한 빵 냄새가 달려 나와 단이를 유혹했다. 단이는 저도 모르게 안으로 들어가려다 깜짝 놀라 멈춰 섰다.

'정신 차려, 강단!'

단이는 찾아온 목적을 잊지 않기 위해 두 주먹을 꼭 쥐었다.

'마음 단단히 먹고 가.'

정태의 말이 다시 들리는 듯했다. 정태는 모야제과점 미우라 사장이 대표로 있는 제과 재료상에서 배달 일을 하고 있어 사장에 대해 잘 알고 있었다.

'외상값을 안 갚겠다는 것도 아니고 시간을 조금만 더 달라는 건데, 설마 안 된다고 하겠어? 상황을 잘 설명하면 제아무리 매정한 사람이라도 봐주지 않을까?'

단이의 말에 정태는 아무 대답도 하지 않았었다.

단이는 다리에 힘을 팍 주고 두어 번 심호흡을 한 다음 가게 문을 열고 들어갔다. 단이는 그만 눈이 휘둥그레졌다. 밖에서 볼 때와는 다르게 가게 안은 넓고 평온한 분위기였다. 잔잔한 음악이 흐르고, 빵 접시를 가운데 둔 손님들이 화기애애하게 이야기를 나누고 있었다. 대부분 일본인이었지만 조선인 모던 보이, 모던 걸도 앉아 있었다. 마치 다른 세상 같았다.

단이는 당황한 채 어찌할 바를 모르고 서 있었다.

"손님, 빵은 이쪽에 있습니다."

빵을 사러 온 줄 알았는지 종업원이 빵이 수북이 쌓인 진열대를 가리켰다. 단이는 정신을 가다듬고 또박또박 말했다.

"사장님을 뵈러 왔습니다."

"네?"

뜻밖이라는 듯 종업원이 단이를 훑어보았다. 흰 저고리와 검정 치마 차림으로 당당히 가게를 둘러보는 단이에게 놀라는 눈치였다. 종업원은 더 묻지 않고 기다리라고 한 뒤 2층으로 올라갔다.

잠시 후, 중년으로 보이는 남자가 머리에 흰 수건을 질끈 동여매고 밀가루가 묻은 앞치마를 두른 채 계단을 내려왔다. 의외의 모습에 놀랐지만, 사장이 직접 빵을 만든다는 정태의 말이 떠올라 그가 사장임을 알 수 있었다.

"나를 찾아오셨다고?"

"아……, 네."

전투태세로 기다리던 단이는 평범한 미우라 사장의 태도에 당황했다. 사장은 손님들에게 미소를 보이며 단이를 구석에 놓인 탁자로 안내했다. 자리에 앉자 단이는 찾아온 이유를 말했다.

"얼마 전, 엄마가 팥죽 장사를 하다 부랑자들 때문에 화상을 심하게 입어 장사를 못 하고 있어요. 그래서 제가 대신 장사를 하고 있는데, 시간을 조금 주시면 외상값을 꼭 갚겠습니다."

사장은 단이의 말을 열심히 듣는 듯했다. 그러면서 손님과 눈이 마주치면 미소를 머금고 고개를 숙여 가며 알은체를 했다. 단이 얘기를 다 듣고 난 사장이 조용히 말했다.

"안 됩니다. 약속대로 이행해 주세요."

사장은 단칼에 거절했다. 그것도 웃으면서 정중하게. 단이는 잘못 들은 줄 알았다가 섬뜩하리만큼 냉혹한 그의 눈빛을 보고 말뜻을 알아들었다.

"약속이라니요? 무슨 말씀이에요?"

단이는 외상값을 갚지 못하면 팥죽 가게를 대신 내놓겠다고 약속한 적이 없다. 엄마 또한 그랬을 리가 없다.

"정태가 전하지 않았나 보군요."

사장의 입에서 정태 이름이 나오자 단이는 순간 불안했다.

"밀린 외상값을 당장 갚으라는 말이요? 전해 들었습니다. 그렇지만 그게 불가능해서 이렇게 부탁드리러 온 거예요."

단이의 목소리는 어느새 기어들어 가고 있었다.

"약속대로만 하면 문제 될 게 아무것도 없습니다."

사장은 여태 단이가 한 말은 모두 흘려버리고 자기 말만 되풀이했다. 단이는 다시 상황을 간곡하게 설명했다. 사장은 고개를 끄덕이며 들었다.

"약속대로 이행해 주세요."

마치 벽에다 대고 이야기하는 것 같았다. 힘들게 한 말은 벽에 부딪혀 산산이 부서졌다. 단이는 답답하고 막막한 마음에 눈자

위가 붉어졌다. 사장이 일어나 계산대로 가더니 두툼한 봉투를 가지고 왔다. 봉투 속을 뒤적거려 서류 한 장을 꺼내더니 들으라는 듯 또박또박 읽었다.

"갑은 을이 미수금을 갚지 못할 경우, 기물 압수를 비롯한 다양한 방법으로 환수를 대체할 수 있다. 거래를 시작할 때 쓴 계약 조항입니다."

사장이 서류를 단이 앞으로 내밀었다.

"네?"

단이는 당황스러웠다. 그런 계약 조건이 있다는 말을 엄마에게 들은 적이 없다. 정태도 몰랐던 게 분명하다. 정태가 알았다면 단이가 사장을 만나러 간다고 할 때 알려 주었을 것이다.

엄마가 시장이 아닌 미우라 사장의 재료상에서 밀가루와 팥을 대놓고 써 온 건, 순전히 정태 때문이다. 정태는 부모님이 돌아가신 후, 할머니와 동생과 함께 살아가기 위해 낮에는 재료상에서 배달을 하고 저녁에는 모야제과점에서 허드렛일을 했다. 엄마는 어린 녀석이 밤낮으로 애쓰는 게 안쓰럽다며 도와주려는 마음에 정태가 다니는 재료상을 이용해 왔다. 배달 건수에 따라 정태가 받는 품삯이 달랐기 때문이다. 그런데 이런 황당한 계약이라니.

"내용을 몰랐다면 정태의 실수군요. 이 녀석은 도대체 일을 어떻게 하는 건지."

사장은 전혀 언성을 높이지 않고 조곤조곤 말했다. 단이가 그런 계약 조건을 몰랐다고 하면 정태에게 책임을 떠넘길 계산인 것 같았다. 불안한 마음에 단이는 애걸하듯 매달렸다.

"엄마가 자리에서 일어나면 다시 가게가 정상적으로 될 거예요. 우리 팥죽 가게 맛 좋다고 소문났어요. 조금만 더 시간을 주세요. 저희 생계가 팥죽 가게에 달렸어요. 제발 부탁드립니다, 사장님."

사장은 약속을 지키라는 말만 되풀이했다. 몇 번을 말해도 마찬가지였다. 단이는 진이 빠졌다. 정말 '바늘로 찔러도 피 한 방울 안 나올 인간'이라는 말이 딱 들어맞는 사람이었다.

사장이 축 처진 단이 어깨를 토닥이며 일어섰다. 손님들이 흘 끗거렸다. 손님들 눈에는 대단한 모야제과점 사장이 초라한 조선인 소녀를 친절하게 대하는 모습으로 보일 터였다. 소름이 돋았다. 단이는 피 한 방울 흘리지 않았지만 살아날 가망이 전혀 없는 상처를 입은 것처럼 자존심이 상하고 창피했다.

바로 그 치욕의 자리에서, 미우라 사장이 무슨 긴한 이야기를 나누는지 궁금했다. 단이는 최대한 천천히 탁자를 치웠다.

'억울하게 뺏긴 우리 가게를 반드시 되찾고 말 거야.'

단이는 사장을 흘깃 째려보며 마음속으로 다시 한번 다짐했다. 그 순간 사장이 단이의 속엣말을 듣기라도 한 것처럼 단이 쪽으로 눈길을 보냈다. 단이는 얼른 몸을 돌렸다. 그 바람에 쟁반에

쌓아 놓은 물컵을 떨어뜨리고 말았다. 물이 쏟아지면서 사장과 마주 앉아 있던 젊은 남자에게 튀었다.

"에이, 이게 뭐야?"

남자가 버럭 화를 내며 일어섰다.

"아, 죄송합니다. 죄송합니다."

단이는 허둥지둥 물이 쏟아진 바닥을 닦았다.

"이런 미련한 인간! 하여간 조선인들이란······."

남자가 단이에게 경멸스러운 눈빛을 보내며 인상을 찌푸렸다. 단이는 미안한 마음이 싹 사라졌다. 물 좀 튀겼다고 미련한 인간이라니, 가슴이 씨근덕거렸다. 사소한 실수 가지고 조선인까지 들먹일 일이냐고 따지고 싶었다. 그러나 입안에 가득 담긴 말을 꾹 삼켰다. 눈이 뜨거워졌다. 뱉어 내지 못하고 삼킨 말은 눈물이 되어 차오르고, 흘러내리지 못한 눈물은 또 무엇이 되려나.

단이가 쟁반을 들고 막 일어서는데 미우라 사장의 말이 귀를 잡아당겼다.

"이번 경연부터 일반인은 빼도록 하지. 괜히 부산스럽기만 해. 그동안 홍보는 충분히 되었으니까."

"맞습니다. 이제 모야제과점 경연이야 모르는 사람이 없고, 어차피 모야제과점 수습생 중에서 1등이 나올 텐데요."

단이에게 짜증을 냈던 남자가 말했다.

"네, 이제부턴 실력자를 뽑아 제빵사로 만들어 주는 경연이라는 인상을 심어 주는 게 좋을 것 같습니다."

다른 젊은 남자도 질세라 맞장구를 쳤다.

단이는 '경연'이라는 말에 탁자를 닦는 척 그들의 대화에 귀를 기울였다. 멀찍이서 미우라 부인이 못마땅한 표정으로 바라보고 있었다.

"본국(일본)이 전쟁 중이라 물자를 통제하고 있는 마당이야. 올해는 참가자 수도 크게 줄여야겠어."

사장이 낮게 말해서 간신히 알아들을 수 있었다.

"얼마나 줄이시려고요?"

"작년에는 아마 서른 명이 넘었지. 이번에는 그 반으로. 어차피 우리 제과점에서 경연에 나갈 수 있는 수습생은 열 명 정도니, 다른 제과점 수습생 다섯 명으로."

"아, 그러면 되겠네요. 그런데 사장님, 혹시 소문 들으셨어요? 요즘 조선인들이 우리 단팥빵을 흉내 내서 팔고 있다고 합니다. 제대로 만들지도 못하면서 말이죠."

"그뿐이 아니에요. 조선인들이 우리 제빵 기술을 배우려고 혈안이랍니다."

남자들이 일러바치기라도 하듯 앞다투어 말했다.

"누구 맘대로 우리 빵을 넘봐?"

갑자기 미우라 사장의 언성이 높아져 단이는 깜짝 놀랐다. 그러나 최대한 자연스럽게 보이기 위해 접시를 다시 쟁반에 담고 천천히 탁자를 닦았다. 귀를 곤두세우고 있는데 미우라 부인이 다가왔다. 단이는 어쩔 수 없이 쟁반을 들고 주방으로 향했다.

'경연이 뭐지?'

단이는 일하는 내내 궁금해서 참을 수가 없었다. 미우라 부인의 매서운 눈초리를 피해 귀남에게 물어보려고 틈을 엿보았다. 그러나 주로 주방에서 설거지나 허드렛일을 하는 단이와 달리 귀남은 가게 안에서 빵을 팔고 있어 좀처럼 틈이 나지 않았다. 어쩔 수 없이 빵이 들어오는 시간을 기다릴 수밖에 없었다. 단이와 귀남이 함께 일하는 시간은 그때뿐이었다.

오전과 오후에 한 번씩 빵이 들어오면 단이와 귀남은 가게 안에서 팔 것과 배달할 빵을 구분해서 정리한다.

"귀남아, 아까 사장님이 손님하고 얘기하면서 곧 경연을 연다고 하던데 그게 뭔지 알아?"

단이는 빠른 손놀림으로 빵을 분류하면서 눈을 떼지 않은 채 물었다.

"경연? 아, 벌써 때가 됐나 보네. 그래서 아까 제과점 사장님들이 왔었구나."

귀남은 반가운 기색을 보이며 혼잣소리처럼 중얼거렸다.

"그 남자들이 제과점 사장이라고?"

"응, 그 사람들도 경연에서 우승해서 정식 제빵사가 되어 독립한 거래."

"그래?"

귀남에게 전해 들은 바에 따르면 경연은 대충 이런 내용이었다.

모야제과점은 해마다 '제빵 경연대회'를 연다. 이 경연은 모야제과점을 홍보하려는 목적에서 시작되었는데, 지금은 이 도시의 볼거리가 되었다. 미우라 사장은 경연에 일본 공관의 높은 관리들과 각계 인사들을 초청하여 모야제과점의 인지도를 높였다. 또한 그들과 가깝게 지내며 자신의 사업에 튼튼한 울타리를 마련했다. 경연에는 모야제과점 수습생과 일반인이 함께 참가하는데, 예선과 본선을 거쳐 우승자를 뽑는다. 우승한 사람은 모야제과점 제빵사로 인정받고, 원하면 제과점을 열 수 있게 일정 부분 지원해 준다. 대신 우승자가 만든 빵의 조리법은 물론 판매권을 모야제과점에 넘긴다는 조건이다. 오직 모야제과점에서만 우승한 빵을 팔 수 있다는 것이다.

"그럼 작년에 1등 한 빵도 여기서 팔고 있어?"

"응."

"그게 어떤 빵이야?"

단이는 경연에서 우승했다는 빵이 무엇인지 무척 궁금했다. 앞에 놓인 빵 상자들을 두리번거렸다. 그러자 귀남이 단이 옆구리를 쿡 찔렀다.

"사모님이 보잖아!"

미우라 부인이 행여 빵 하나라도 도둑맞을세라 눈에 불을 켠 채 감시하고 있었다. 단이는 얼른 빵 상자를 들어 옮기며 조그만 목소리로 물었다.

"어떤 빵이냐고."

"장수빵."

"장수빵? 여기 그런 빵도 있어?"

단이는 생소한 빵 이름에 눈을 동그랗게 뜨고 귀남을 쳐다보았다. 지금까지 그런 빵은 들은 적도 본 적도 없었다. 모야제과점의 간판인 단팥빵과 찹쌀떡, 곰보빵, 꽈배기는 물론이고 다양한 화과자까지 다 알고 있는데, 장수빵은 금시초문이다.

단이의 복잡한 표정을 보고 귀남이 킥킥 웃었다.

"거북빵!"

귀남의 말에 단이는 화들짝 놀랐다.

"뭐? 장수빵이라며?"

"사장님이 이름을 바꿨어, 촌스럽다고. 빵 표면이 갈라진 게 거북이 등딱지 같고, 거북이는 오래 사니까 뜻도 장수빵하고 통하고……. 이 빵을 먹으면 오래오래 산다, 뭐 그런 뜻이지."

"하!"

단이는 말문이 막혔다. 지금까지 평범하게 보아 넘긴 거북빵에 그런 뜻이 담겼다는 게 놀랍기도 하고 우스웠다. 언젠가 먹어 봤지만 특별한 맛이 없어서 잊고 있던 빵이었다.

"너도 알다시피 거북빵이 우리 제과점에서 잘 팔리는 축은 아니잖아. 거북이 등딱지 모양에 신경 쓰다 보니 앙꼬가 삐져나와서 만들기가 까다롭대. 그래서 앙꼬를 조금만 넣다가 이젠 아예 안 넣어. 그래서 솔직히 맛도 별로야."

"왜 그런 빵이 1등을 했어?"

"처음엔 잘 팔렸지. 경연에서 우승한 빵이니까. 근데 한 번 사 간 사람은 다시는 안 사 가는 것 같아. 일본 사람들은 빵 안에 달달한 팥이 들어간 걸 좋아해. 그러니 앙꼬 없는 빵이 팔리겠냐고. 그나마 자존심으로 사 먹는 거지."

"그게 무슨 소리야? 자존심으로 사 먹다니."

"모르겠어?"

귀남이 입을 삐죽이더니 단팥빵 상자를 들고 진열대로 가서 단팥빵을 수북하게 쌓았다. 단팥빵은 남녀노소 할 것 없이 많이 찾는 빵이라 다른 빵보다 몇 배는 더 많이 만들었다. 반면 거북빵은 훨씬 적게 만들었다. 단이는 퍼뜩 귀남의 말뜻을 알아차렸다. 귀남은 제과점 돌아가는 사정을 잘 알고 있는 듯했다. 단이는 자신과 동갑인 귀남이 어떤 때는 세상 물정을 다 아는 어른 같기도 하고, 또 어떤 때는 당연히 알아야 할 것도 모르는 종잡을 수 없는 아이라는 생각이 들었다.

모야제과점에 오는 손님들은 대체로 배가 고파서 오는 사람들이 아니었다. 일본인이든 조선인이든 마찬가지다. 모야제과점 손님들은 단이네서 팥죽을 사 먹던 부둣가 사람들과는 낯빛도 다르고 옷 때깔도 달랐다. 팥죽 한 그릇을 시켜 국물 한 방울 남기지 않고 먹어 치우는 팥죽 가게 손님들은 늘 쫓기듯이 살았다. 반면에 제과점에 여유롭게 앉아 이야기를 나누는 사람치고 배부른 빵을 찾는 사람은 없었다. 여봐란듯이 경연에서 우승한 빵을 시켜 놓고 깨작거렸다. 그러고 보니 탁자를 치울 때 남아 있던 빵은 주로 거북빵이었다. 단이는 왜 맛없는 빵을 잔뜩 시켜 아깝게 남기냐고 속으로 욕하곤 했다.

'흥, 그런 자존심이었구나.'

알 수 없는 쓸쓸함이 입안 가득 차올랐다.

'정태도 경연에 대해 알고 있을까?'

단이는 정태에게 빨리 경연 소식을 알려 주고 싶었다. 두 시간마다 돌아와 빵을 싣고 나가는 정태를 기다리느라 단이는 몇 번이나 밖을 내다보았다. 같은 곳에서 일하지만 정태와 단이는 자주 볼 수 없고, 봐도 잠깐뿐이었다. 서로 일하는 분야가 다르기도 하지만, 늘 도끼눈을 뜨고 감시하는 히로세 때문이다.

퇴근 무렵, 마지막 배달을 끝내고 돌아오는 정태의 자전거를 본 단이는 서둘러 퇴근 준비를 하고 배달부실로 갔다. 그런데 정태의 모습이 보이지 않았다. 자전거는 자리에 그대로 있었다. 오자마자 또 히로세에게 불려 간 모양이었다.

히로세는 조선에 온 지 1년이 채 되지 않았다. 그러니까 단이보다 반년 먼저 모야제과점에 온 셈이다. 삼촌인 미우라 사장에게 제빵 기술을 배우기 위해 일본에서 왔다. 정태와 단이보다 세 살 위지만 몸집이 커서 어른처럼 보였다.

"삼촌은 일본에서도 이름난 제빵사였는데, 왜 이런 구질구질한 조선 땅으로 왔는지 모르겠어."

히로세는 자주 수습생들 앞에서 그렇게 말했다. 히로세는 조선 인을 무시하고 깔보는 습관이 몸에 배어 있었다. 그래서 제과점 의 조선인 종업원들에게 더욱 까칠하게 굴었다.

"야, 너희 조선인들! 끼리끼리 모여 다니지 마. 모여서 괜히 게 으름 피우지 말고 일이나 해. 함께 모여 있는 거 내 눈에 띄면 그 땐……."

실제로 히로세의 눈 밖에 나서 쫓겨난 종업원도 있었다.

미우라 사장은 히로세에게 힘을 실어 주었다. 종업원 관리를 히로세에게 맡겼고, 히로세는 사장의 기대를 저버리지 않았다. 출근하고부터 퇴근할 때까지 시도 때도 없이 여기저기에 출몰해 감시하기 바빴다. 히로세가 속한 분야는 수습생이지만 딱히 그런 것만도 아니었다. 미우라 부인도 볼일이 있으면 히로세를 계산대 에 앉혀 놓고 나갔다. 그러니 사장 부부를 제외하면 모야제과점 실세는 히로세인 셈이었다. 일본인 수습생들도 히로세의 그늘에 놓여 있긴 마찬가지였다. 특히 정태는 수습생도 아닌데 자주 히 로세에게 불려 가 온갖 심부름을 해야 했다. 단이는 그런 정태가 못마땅하고 걱정되었다. 왜 아무 말도 못 하고 고분고분 따르냐고 물었더니 정태는 도리어 화를 냈다. 자기는 다른 사람들과는 다르다면서. 히로세의 심부름을 하고 빵틀 청소를 대신해 주는 건 제빵 기술을 배우기 위해서라고 했다.

'흥, 그놈이 잘도 가르쳐 주겠다.'

단이는 속으로 콧방귀를 뀌었지만 차마 말할 수는 없었다. 정태의 자존심을 상하게 하고 싶지 않았다.

모야제과점에는 꽤 많은 직원이 근무하는데, 수습생은 모두 일본인이다. 나이는 16세부터 20대 중반까지 있는데, 그들의 경력은 몇 개월 된 신입부터 5년 차까지 다양하다. 미우라 사장은 수습생들에게 제빵 기술을 가르치고, 수습 기간과는 상관없이 제빵 실력으로 서열을 정했다. 히로세만 예외였다. 수습생을 제외한 종업원은 모두 조선인이다. 단이와 귀남은 가게 안에서 일하고, 정태를 비롯한 배달부들은 외부로 빵 배달을 다닌다. 모야제과점은 바깥에 분점도 몇 개 있다.

하루는 단이가 정태에게 히로세의 정확한 직위에 대해 물었다. 아무리 사장 조카라지만 하는 일에도 제한이 없고, 거들먹거리면서 휘젓고 다니는 꼴이 보기 싫었다.

"히로세는 제빵사야, 수습생이야?"

시도 때도 없이 히로세에게 불려 가는 정태가 걱정되기도 했다. 제빵 기술을 배우려면 어쩔 수 없다고 했지만 과연 정태가 제빵 기술을 배우고 있는지 궁금했다.

"글쎄, 아직 제빵사는 아니지만 수습생만도 아니야."

"그게 무슨 소리야? 제빵사와 수습생은 엄연히 다르다고 하던데. 제빵사는 사장과 함께 빵을 만드는 전문가 지위지만 수습생은 함부로 빵을 만들지 못한대. 사장이나 제빵사가 시키는 일만할 수 있다던데."

"나도 자세히는 몰라. 히로세는 모든 걸 다 하는 것 같기도 하고, 아무것도 안 하는 것 같기도 하고. 사장님 조카니까 뭐."

"사장 조카면 다야? 사람 무시나 하고 버릇없고, 아주 밥맛 떨어져. 종업원이 무슨 제 부하인 줄 안다니까. 히로세의 코를 납작하게 할 방법이 없을까?"

단이가 몸서리를 치며 말했다. 정태는 아무런 대꾸도 하지 않았다.

· 네 마음을 들여다봐

○

단이는 좀처럼 잠들지 못했다. 미우라 사장과 남자들이 주고받던 말이 계속 귓속에서 쟁쟁거렸다. '경연'이라는 말이 가슴 밑바닥을 홧홧하게 만들었다. 꺼져 가는 불씨에 풀무질을 해 대는 것처럼 자꾸만 바람이 일었다.

"뭔 일 있냐? 왜 잠을 못 자고 뒤척거려?"

단이 때문에 잠이 깼는지 어둠 속에서 엄마가 말했다.

"휴, 잠이 안 오네."

"웬 한숨이야? 천장 내려앉겠다. 왜, 제과점 일이 힘들어?"

"일이 힘들면 곯아떨어졌겠지. 이젠 몸에 익어서 할 만해."

"근데 왜 저녁부터 계속 심란한 얼굴이야?"

엄마 눈에도 단이 상태가 예사롭지 않게 보였나 보다. 단이는 딱히 뭐라고 꼬집어 설명할 수 없는 심란한 마음을 자신도 알 길이 없었다.

"엄마, 정태 꿈이 뭔지 알아?"

"뜬금없이 정태 꿈은 왜? 그 녀석 꿈이야 할머니랑 제 동생하고 배곯지 않고 사는 거 아니겠어."

"에이, 그게 무슨 꿈이야. 꿈은……."

꿈은 그런 것보다 좀 더 높이 있는 무엇일 것 같았다. 몸은 바쁘고 힘들어도 마음이 즐거운 일을 하는 것.

"그래서 정태 녀석 꿈이 뭔데?"

"모야제과점처럼 맛있는 빵을 만들어 파는 제과점을 차리는 거래."

"왜 하필 빵 장사야?"

엄마도 단이와 똑같은 말을 했다. 언젠가 단이도 정태에게 그렇게 말했다. 하고많은 것 중에 왜 하필 빵이냐고. 그때 정태는 아주 단순하게 말했다. 빵이 좋다고. 어쩌면 꿈이란 아주 단순한 동기에서 시작되는지도 모른다. 좋으니까 복잡하게 계산하지 않고, 남의 눈치 보지 않고 그냥 그것을 향해 나아가는 것. 그래서 좋아하는 마음 하나로 즐겁게 할 수 있는 일일지도 모른다.

"빵이 좋아서."

"뭐?"

엄마는 의외로 시시한 이유에 놀랐는지 한참 말이 없더니 이

내 덕담을 덧붙였다.

"그래서 임금이 야박해도 재료상에서 배달 일을 한 거구나. 그 재료상이 모야제과점 거라며? 이제 거기 들어갔으니 빵 기술만 열심히 배우면 되겠네. 그 녀석은 잘 해낼 거야."

엄마는 정태가 금방이라도 제빵사가 될 것처럼 말했다.

"그러겠지."

단이는 어둠 속에서 심란한 표정을 지으며 말했다.

"근데 정태 꿈하고 너 심란한 거하고 뭔 상관이 있어?"

"상관은 무슨. 그냥 가슴이 답답하고 불이 붙은 것처럼 홧홧거리네."

"가슴이 홧홧거리면 홧병인데. 엄마 때문에 그런 거야? 좋아지고 있으니까 걱정하지 마. 엄마 그렇게 쉽게 안 무너져!"

엄마가 끙 일어나 앉았다. 단이는 괜히 엄마에게 심란한 기분을 전염시켰나 싶어 미안했다.

"엄마 때문이 아냐. 엄마 화상 상처도 낫고 있고 기운을 차리니까 정말 좋아."

"그럼 대체 왜 그래? 엄마한테 말해 봐!"

단이는 내뱉어 버리고 나면 시원할까 싶어 낮에 들은 경연에 대해 엄마에게 털어놓았다. 그러나 답답한 마음은 마찬가지였다.

"정태에게 기회가 될 것 같아 말해 주려고 했는데 못 했어."

"그거야 내일 말해 주면 될 일이고."

엄마는 단이가 진짜 하고 싶은 말을 기다리는 듯 조용했다.

"엄마, 난 왜 이 모양일까. 꿈도 없고 한심해. 엄마를 다치게 하고 우리 가게를 빼앗은 그 작자에게 복수하고 싶은데, 그 집에서 허드렛일이나 하고 있으니……."

울컥 눈물이 나오려고 해 단이도 일어나 앉았다.

"너도 제빵사가 되고 싶은 거구나?"

"아냐, 내가 무슨. 여자가 어떻게 제빵사가 돼?"

단이는 화들짝 놀라 자기도 모르게 목소리가 높아졌다.

"왜 그렇게 기겁을 해?"

"엄마가 쓸데없는 소리를 하니까 그렇지. 모야제과점 수습생도 모두 남자고, 미우라 사장과 다른 제과점 제빵사도 다 남자야!"

"여자는 제빵사가 되면 안 된다는 법이라도 있대? 밀가루 반죽을 여자가 남자보다 더 잘하면 잘했지 못할 건 또 뭐야? 다른 도시에는 여자 제빵사가 있을지도 모르지. 아니면 네가 처음으로 하면 되잖아!"

무슨 일이든 일단 밀어붙이고 보는 성격이라 엄마의 말은 일사천리였다.

"처음?"

'처음'이라는 말이 이상하게 단이의 귓속으로 깊이 파고들었다. 엄마 말처럼 혹시 다른 도시에는 여자 제빵사가 있지 않을까 생각하다 단이는 그만 픽 웃고 말았다. 떡 줄 사람은 꿈도 안 꾸는데 김칫국부터 마시는 꼴이었다.

"단아, 네가 경연 얘기를 듣고 마음이 심란한 건 너도 하고 싶기 때문 아니야?"

단이는 뭔가 들킨 것처럼 가슴이 움찔했다.

"아냐. 그런 생각은 해 본 적 없어."

"네 맘을 잘 들여다봐. 참말로 빵을 만들고 싶은 생각이 있는지 없는지. 이렇게 잠 못 자고 앓는 거 보면 내 말이 틀림없어."

"앓기는 누가 앓는다고 그래."

단이는 엄마 말에 반박하긴 했지만 어쩐지 뜨끔했다. 단팥빵을 처음 먹었던 때가 생각났다.


정태가 집 앞에서 단이를 불렀다. 배달 일을 끝내고 돌아오는 모양이었다.

"무슨 일이야?"

정태가 머뭇거리더니 빵 봉지를 단이에게 내밀었다. 고소한 냄새가 새어 나왔다.

"이게 뭐야?"

"단팥빵이야, 먹어 봐."

봉지 안을 들여다본 단이 눈이 휘둥그레졌다.

"이걸 어떻게? 사 온 거야?"

"히로세가 준 거야."

"히로세?"

"모야제과점 수습생인데, 가끔 줘."

"그래? 좋은 사람인가 보다."

"아, 아니 뭐……."

히로세는 정태에게 심부름이나 청소를 시키면서 굽다가 실패한 빵을 주곤 했다. 그것도 드물게 있는 일이기는 하지만, 마침 오늘 빵을 줘서 단이에게 한달음에 달려왔다. 정태는 진작부터 단이에게 단팥빵 맛을 보여 주고 싶었다.

단이는 말로만 듣던 단팥빵을 손에 들고 신기한 듯 바라보았다. 동글납작한 모양에 갈색으로 부풀어 오른 빵은 먹음직스러워 보였다. 입안에 침이 고였다. 팥이 바깥으로 삐져나오긴 했지만 그것이 오히려 입맛을 당겼다. 게다가 빵에서 풍기는 고소하고 달콤한 냄새가 온몸의 솜털까지 일으켜 세웠다. 단이는 눈을 지그시 감고 빵 냄새를 들이마셨다.

"야, 냄새 끝내준다."

"먹어 보면 더 놀랄걸."

정태가 먹어 본 자의 여유로운 표정으로 말했다. 단이는 조심스럽게 빵을 한 입 베어 물었다. 입안에서 퍼지는 고소함과 살캉살캉 씹히는 팥의 달콤함에 눈이 번쩍 뜨였다.

"와, 진짜 맛있다!"

감탄이 터져 나왔다. 엄마가 만들어 팔던 팥죽이나 개떡과는 전혀 다른 맛이었다. 단이는 한 입, 또 한 입, 천천히 베어 먹었다. 단팥빵은 단이 입안에서 낱낱이 흩어져 몸속으로 녹아드는 듯했다. 잘 구워진 반죽도 반죽이지만, 빵 속에 든 팥에 놀랐다. 똑같은 팥인데 팥죽과 빵 속의 팥 맛이 전혀 다르게 느껴졌다.

"팥으로 팥죽만 쑤는 줄 알았는데……."

단이는 수없이 쑤었던 팥죽을 떠올렸다. 작고 붉은 팥은 처음에는 차돌처럼 단단하지만 물과 불을 만나 물컹해지고 으깨져 맛난 팥물이 되었다. 팥이 너무 삶아지면 냄새가 나고, 덜 삶아지면 으깨지지 않아 허실이 많다. 그 과정이 팥죽을 쑬 때 가장 중요하다고 엄마는 늘 말했다.

팥이 무엇을 만나 어떻게 조리되느냐에 따라 그 맛이 엄청 달라질 수 있음을 단이는 처음 알았다. 문득 사람도 그럴 거라는 생각이 들었다. 모야제과점 수습생이라는 히로세도 정태에게 그런 사람일까.

단팥빵 맛은 오랫동안 입안에서 감돌았다. 또 먹고 싶었다. 단이는 단팥빵을 직접 만들어 봐야겠다는 생각이 들었다. 금방 만들 수 있을 것 같았다. 만드는 방법만 다를 뿐 재료는 팥죽과 별다를 게 없었다.

잘 치댄 밀가루 반죽을 한 움큼 떼어 동그랗게 만들었다. 삶아 놓은 팥을 반죽 안에 넣고 감싸 동글납작하게 만들고, 가운데 부분을 살짝 눌렀다. 모양이 그럴싸하게 완성되었다. 그런데 갑자기

난감해졌다.

'이 하얀 반죽이 노릇노릇하다가 갈색이 될 때까지 구워야 하는데, 어떻게 굽지? 석쇠에 얹어 생선처럼 구워야 하나…….'

팥죽만 쑤어 봤지 밀가루 반죽을 구워 본 적은 없어 방법이 떠오르지 않았다. 부엌을 휘 둘러보던 단이 눈이 반짝 빛났다.

'맞아. 솥뚜껑을 뒤집어 아궁이에 걸어 놓고 구우면 되겠네.'

엄마가 부침개를 만들 때 그렇게 하는 것을 보았다. 단이는 뒤집어 놓은 솥뚜껑 위에 빵 반죽을 올려 놓고 열이 빠져나가지 않게 큰 양푼을 덮었다. 엄마도 떡을 할 때 솥 위에 시루를 앉히고, 김이 새는 걸 막기 위해 반죽을 따로 만들어 시룻번을 붙였다.

단이는 제법 잘돼 가는 것 같아 흡족했다. 두근거리는 마음으로 아궁이에 불을 지폈다. 그런데 얼마 지나지 않아 양푼 사이로 김이 새 나오면서 탄 냄새가 났다. 얼른 행주를 적셔 양푼을 뒤집었다. 밑은 새까맣게 타고 위쪽은 허연 반죽이 마른 상태로 딱딱했다. 나름 요령껏 해 보았지만 참담한 실패였다.

'이렇게 하면 될 줄 알았는데……. 에이, 빵은 나랑 안 맞아.'

단이는 빵 만드는 건 자신과 맞지 않는다고 단정해 버렸다.


"억울하고 분한 걸로 치면 길길이 뛸 일이지. 그렇지만 네가 하필 그놈의 제과점에 들어갔으니 팥죽 가게 대신 빵 가게라도 해 봐야 할 거 아냐?"

"엄마는 참, 빵 기술은 누가 거저 가르쳐 준대? 난 주방에서 허드렛일이나 하는 종업원일 뿐이야."

"경연에서 1등 하면 제빵사도 되고 제과점도 차려 준다며? 그럼 해볼 만하네. 그놈이 우리 가게를 뺏어 갔으니 잘만 하면 도로 찾을 수 있는 기회네."

엄마는 모야제과점의 구조도 모르면서 엄마 식대로 우겼다. 단이는 짜증이 났다.

"제빵사 되는 게 팥죽 끓이는 거랑 같은 줄 알아?"

"뭐? 팥죽은 아무나 끓이는 줄 알아? 이래 봬도 부둣가에서 '단이네 팥죽' 하면 모르는 사람이 없을 정도로 알아주는 실력이라고. 그 사장 놈이 빵은 잘 만드는지 몰라도 팥죽은 나한테 명함도 못 들인다고!"

엄마가 흥분해서 목소리를 높였다. 하여간 팥죽에 대한 엄마의 자부심은 아무도 못 말린다. 손만 다치지 않았다면 당장에라도 한 솥 끓여 낼 기세였다. 단이는 그런 엄마의 자신감이 부러웠다.

"알아, 엄마 팥죽 솜씨는 최고야."

잠시 후, 엄마의 쌕쌕대는 숨소리가 들렸다. 단이는 그새 잠이 든 엄마를 물끄러미 쳐다보았다.

엄마의 팥죽 맛은 진짜 일품이다. 또한 칼국수를 썰 때 엄마의 칼질은 신기에 가까웠다. 보지 않고도 착착 일정한 굵기로 반듯하게 썰어 내곤 했다. 하지만 이제 엄마는 더는 칼질을 못 할 것이다. 단이는 화상으로 흉하게 일그러진 엄마의 손을 꼭 쥐었다.

'엄마, 내가 꼭 가게 다시 찾을게.'

단이는 소학교를 졸업하고 팥죽 장사를 하는 엄마를 도왔다. 산동네 맨 꼭대기 집에서 비탈진 골목길을 하루에도 몇 번씩 오르내리며 김치며 그릇을 가게로 날랐다.

"배부르고 등 따스운 게 제일이야."

엄마의 강철 같은 생활신조는 단이의 중학교 진학을 막는 데 한몫 톡톡히 했다.

"글자는 뗐으니 그만하면 공부는 됐고, 배부르고 등 따습게 살 궁리를 해야지."

단이는 중학교에 가고 싶었지만 고집을 부릴 수 없었다. 아버지 없이 엄마 혼자 자신을 이만큼 키워 냈으니 할 만큼 한 셈이라고 생각했다.

산동네에서 부두로 이어진 골목길은 창자처럼 구불구불했다. 단이의 꿈은 하루에도 몇 번씩 골목길을 굴렀다. 언제나 이 골목을 벗어날까. 단이의 하루는 그렇게 고민하면서 시작되고, 그렇게 고민하면서 끝이 났다.

그날도 단이는 물김치 통을 양손에 들고 팥죽 가게로 가고 있었다. 골목을 빠져나오자 길 건너 부두가 보였다. 주로 작은 배들을 대어 놓는 부둣가에는 가게들이 많았다. 가게라야 후줄근한 판잣집들이지만 엄마도 이곳에서 팥죽 장사를 하고 있다. 저만치 사람들이 웅성거리며 모여 있었다. 대낮부터 또 싸움이 벌어진 모양이었다. 이곳에서는 수시로 일어나는 일이었다. 그래서 단이는 부둣가가 싫었다. 하필 팥죽 가게 근처였다.

가까이 갈수록 악다구니 소리가 크게 들렸다. 일본어가 섞여 들렸다. 조선 사람과 일본 사람이 쓰는 일본어의 어감은 듣기에 확실히 다르다. 단이는 신경이 곤두섰다. 불길한 예감이 엄습했다. 며칠 전, 화가 잔뜩 나서 구시렁대던 엄마의 말이 떠올랐다.

'징한 놈들, 벼룩의 간을 내먹지. 제 놈들이 나한테 돈을 맡겨 놨어?'

단이는 부리나케 뛰었다. 아니나 다를까. 팥죽 가게 앞에 그릇들이 나뒹굴고 있었다. 남자들이 행패를 부리고 있었다. 가게를 제집처럼 드나들며 돈을 뜯는 일본인 부랑자 패거리였다. 부둣가가 제 놈들 땅도 아니고, 제 놈들이 가게를 지어 내준 것도 아니면서 자릿세라는 이름으로 꼬박꼬박 돈을 뜯어 갔다. 엄마가 선뜻 돈을 내놓지 않은 모양인지 여봐란듯이 행패를 부렸다.

단이는 구경만 하고 있는 사람들이 미웠다. 구경꾼 가운데 대부분은 그곳에서 장사하는 사람들이었다. 자기들도 겪는 일이면서 왜 구경만 하고 있을까. 부랑자 패거리보다 상인들의 수가 더 많은데 왜 대항하지 못하고 꼬박꼬박 돈을 뜯기는지 단이는 도무지 이해할 수 없었다. 언젠가 엄마에게 물었더니 한숨을 내쉬며

아리송한 말만 했다.

'똥이 무서워서 피한다니? 더러워서 피하지.'

단이가 보기에는 그 반대였다. 사람들은 무서워서 피하는 것이다. 기껏해야 대여섯 명인 부랑자 패거리를 그보다 몇 배 많은 가게 주인들이 어쩌지 못하고 벌벌 떠는 건 무섭기 때문이다. 어른들은 왜 겁쟁이가 된 걸까.

단이가 주먹을 불끈 쥐고 가게 안으로 들어가려는데, 옆 가게 아주머니가 단이를 자기 가게로 잡아끌었다.

"아서라, 네가 들어가면 일만 더 커진다."

"이 손 놓으세요. 엄마가 지금 혼자 당하고 있잖아요. 도와주진 못할망정……."

단이는 아주머니가 원망스러웠다.

"네 엄마가 부탁했어, 혹시 너 보면 붙잡아 달라고."

"그게 무슨 말씀이에요?"

"저놈들이 네 엄마한테 유난스럽게 저러는 건…… 너 때문이기도 해."

단이는 순간 온몸이 굳어 버렸다. 아주머니의 말이 무슨 뜻인지 알 것 같았다. 언젠가 엄마가 말했었다.

'행여 그 부랑자 놈들 있을 땐 가게에 절대 들어오지 마라. 천지 분간을 못 하는 놈들이라 무슨 봉변을 당할지 몰라. 알았지?'

단이는 털썩 주저앉고 말았다. 그때 놈들의 악다구니가 쩌렁쩌

렁 들려왔다.

"누구 덕에 입에 풀칠하고 사는지 몰라? 우리가 뒤에서 봐주기 때문인데 은혜를 알아야지. 이까짓 돈 몇 푼이 그렇게 아까워?"

패거리는 다른 가게 주인들도 다 들으라는 듯 탁자를 쾅쾅 쳐 가며 소리쳤다.

"알지요. 근데 왔다 간 지 얼마 안 됐잖아요. 이건 재료 살 돈인데 재료를 사야 장사를 하지요."

"뭐? 아직도 말귀를 못 알아듣네. 당장 목구멍에 거미줄 치게 해 줄까?"

패거리는 위아래도 없이 막무가내였다. 부모뻘 되는 사람에게 반말을 거리낌 없이 해 댔다.

"정 그러면 방법이 없는 것도 아니지. 이쁜 딸내미 불러 팥죽이라도 한 상 내오게 하든가. 어떠냐, 얘들아?"

"그렇다면야, 흐흐흐."

단이의 팔에 오스스 소름이 돋았다.

"뭣이 어째? 천하에 몹쓸 놈들, 하늘 무서운 줄 모르는구나!"

엄마의 언성이 높아지자 기다렸다는 듯 패거리가 쌍욕을 퍼부으며 닥치는 대로 걷어찼다. 단이는 저도 모르게 벌떡 일어섰다. 아주머니가 단이를 꼭 붙들었다.

"으악!"

그 순간, 엄마의 찢어질 듯한 비명 소리가 났다. 머리털이 곤두서는 것 같았다. 단이는 도저히 더는 숨어 있을 수 없어 문을 박차고 나갔다. 아무리 엄마의 당부가 있었더라도 가만히 있을 수는 없었다. 팥죽 가게로 뛰어 들어갔다.

"엄마……!"

눈앞에 펼쳐진 광경에 단이는 온몸이 그대로 굳어 버리는 것 같았다. 펄펄 끓고 있던 팥죽 솥이 엄마에게 엎어져 있었다. 엄마가 숨을 헐떡거리며 솥 아래서 꼼짝 못 하고 있었다. 단이는 달려들어 솥을 밀어내고 뜨거운 팥죽을 엄마 몸에서 긁어 냈다. 뜨거워서 손이 델 것 같았다. 구석에 있던 양동이를 들어 엄마에게 물을 부었다. 엄마 몸에서 김이 모락모락 피어올랐다. 이미 옷을 뚫고 스며든 화기에 엄마 몸은 만신창이가 되어 버렸다.

"단아! 어서 가……, 헉."

엄마는 그 와중에도 단이 걱정뿐이었다. 단이는 가슴 밑바닥에서 팥죽보다도 더 뜨거운 분노가 끓어올랐다. 패거리는 슬그머니 달아나고 있었다.

"도와주세요, 사람 살려요!"

단이는 목 놓아 울부짖었다. 그제야 사람들이 들어와 엄마를 들쳐 업고 동네 약방으로 달려갔다. 생각보다 화상 부위가 넓고 깊었다. 의원은 급한 대로 응급 처치는 했지만 빨리 큰 병원으로 가 보라고 했다. 그러나 엄마는 돈 걱정 때문인지 한사코 집으로 가자고 했다. 어쩔 수 없이 집으로 왔다.

엄마의 상태는 끔찍했다. 목과 가슴, 배, 아랫도리까지 살갗이 벗겨지고 벌겠다. 온몸에 물집이 주렁주렁 생겼다. 화상의 고통이 얼마나 심했는지 엄마는 이를 악물고 버티다가 까무룩 정신을 잃었다. 그러다 정신이 들면 열에 들떠 헛소리까지 했다.

누구보다 정신력이 강하고 억척스러운 엄마라서 그나마 이렇게라도 회복되고 있었다. 특히 화상이 심했던 오른쪽 손목은 제대로 움직이지 못하지만.

단이는 잠들지 못하고 마루로 나왔다. 하늘에 반달이 도장처럼 박혀 있었다. 단이는 반달을 눈에 박을 듯이 바라보았다.

'엄마 말대로 정말 내 안에 빵을 만들고 싶은 마음이 있는 걸까?'

단이는 마루에 앉아 오래오래 제 마음을 들여다보았다.

치욕을 딛고

○

단이는 아침부터 머릿속이 벌집을 쑤셔 놓은 듯 어지러웠다. 정태를 만나 이야기를 나누고 싶었다. 자신의 결심을 정태에게 말하고 응원받고 싶었다. 그러나 조회 때 잠깐 얼굴을 마주쳤을 뿐 따로 만나 이야기할 시간은 없었다. 정태는 배달에서 돌아오면 또다시 빵을 싣고 나가고, 단이는 주방에서 일이 끊이지 않았다.

단이는 이런저런 생각으로 일에 집중이 안 됐다. 누군가 자신의 마음속을 들여다보는 것 같아 자꾸 두리번거리고 작은 소리에도 깜짝깜짝 놀랐다. 지은 죄도 없는데 죄인 같은 이 기분은 무엇 때문인지, 단이는 어서 퇴근 시간이 되기만을 기다렸다.

어떻게 시간이 흘렀는지 오후 빵 들어올 시간이 가까워지고 있었다. 딸랑딸랑, 짧고 격하게 종소리가 났다. 미우라 부인이 다급하게 부르는 신호였다. 생각에 빠져 있던 단이는 깜짝 놀라 뛰어 나갔다.

미우라 부인이 한 여자 손님에게 미안하다며 연신 허리를 숙이고 있었다. 까다로운 손님이 걸린 모양이었다. 별것 아닌 일로 짜증을 부리는 손님들이 가끔 있었다. 물론 그런 손님은 일본인들이었다. 처음 본 광경도 아니어서 단이는 심드렁한 마음으로 탁자를 치우려고 쟁반을 들었다. 계산을 치른 손님이 미간을 잔뜩 찌푸린 채 문을 쾅 닫고 나갔다. 미우라 부인이 손님 등 뒤에 대고 다시 허리를 굽혔다.

단이는 오늘따라 별스럽다고 생각하며 서 있었다. 그런데 미우라 부인이 성큼성큼 다가오더니 단이의 팔을 꺾듯이 잡아끌고 주방으로 갔다.

"악, 왜 이러세요?"

"이 미련한 계집애!"

미우라 부인이 다짜고짜 단이의 따귀를 때렸다.

"무슨…… 일이에요?"

또다시 따귀가 날아왔다. 단이는 정신이 번쩍 들었다. 조금 전까지 머릿속에서 우글거리던 생각들이 순식간에 얼어붙는 것 같았다.

"네가 우리 가게 명성에 먹칠을 했어."

"네?"

"그릇을 어떻게 닦았기에 컵에 입술 자국이 남아 있어?"

그제야 단이는 상황이 파악되었다. 일에 집중하지 못해 저지른 실수였다.

"아, 죄송합니다."

"우리 일본인은 너희 조선인들하곤 달라, 문명인이라고! 더러운 물컵을 받아 든 손님이 얼마나 불쾌했겠어? 이건 모야제과점의 수치야 수치! 내가 이래서 조선 애들은 종업원으로 안 쓰겠다고 했는데, 사장님이 쓸 만하다고 해서 받아 줬더니 순 엉터리야."

단이는 억울했다. 실수한 건 인정하겠는데, 그게 그토록 잘못한 일인가. 불쾌했을 일본인 손님의 기분 때문에 따귀까지 맞아야 할 만큼 잘못한 일인가. 단이는 눈물이 핑 돌았다. 조선인을 무시하는 마음에서 나온 행동임이 분명하다. 맞은 곳은 뺨인데 가슴 한가운데가 아렸다. 눈물을 보이지 않으려고 입을 앙다물고 천장을 올려다보았다. 자존심이 상해서 이대로 뛰쳐 나가고 싶었다. 그러나 그럴 수가 없었다. 아픈 엄마 대신 돈을 벌어야 한다. 그래서 치욕스럽지만 스스로 이곳을 찾아오지 않았던가.


"단아, 넌 꿈이 뭐야?"

가게를 빼앗기고 마당바위에 멍하니 앉아 있을 때였다. 단이는 대답 대신 정태를 빤히 쳐다보았다. 이 와중에 꿈이라는 걸 가질 수 있을까. 단이는 상급 학교 진학을 포기하면서부터 꿈 같은 건 가져 본 적이 없었다. 그저 엄마 일을 도우며 하루하루 살아갈 뿐이었다.

"꿈이라는 말, 참 오랜만에 들어 보네. 굉장히 낯설다……. 그러는 넌 꿈이 있어?"

"내 꿈은 모야제과점처럼 맛있는 빵을 만들어 파는 제과점을 차리는 거야."

모야제과점이라는 말에 단이는 인상을 찌푸렸다. 가면을 쓴 미우라 사장이 눈앞에 떠올라 불쾌했다.

"뭐? 모야제과점? 그러니까 넌 그 미우라 사장을 닮고 싶다는 말이네?"

단이가 정태를 째려보았다.

"그 사람을 닮고 싶다는 게 아니라……."

"아니긴 뭐가 아냐? 그게 그 말이지."

단이가 핏대를 올렸다.

"미우라 사장 빵 만드는 솜씨만큼은 대단해."

정태도 지지 않고 말했다.

"너 미쳤구나. 그 사람이 우리한테 어떻게 했는지 보고도 그런 말이 나와? 그러고 보니 너 재료상에서 일하면서 모야제과점에 들락거리더니 변했구나?"

단이는 정태에게 배신감을 느꼈다.

"그래. 난 애초에 모야제과점에 들어가기 위해 재료상 배달부로 들어갔어. 일 잘하면 제과점에 취직시켜 준다고 했거든. 조선 사람한테는 제빵 기술을 안 가르쳐 준다는 소문이 있지만 난 어떻게든 꼭 그 기술을 배우고 말 거야."

"넌 자존심도 없어? 우리를 무시하는 일본인 밑에서 일을 하고 싶냐고."

단이가 한심하다는 투로 쏘아붙였다.

"자존심? 제빵 기술을 배워서 일본인들과 동등하게 되겠다는 거야. 저들은 빵을 만들어 팔아 우리 땅에서 떵떵거리며 잘살고 있잖아. 우린 언제까지 저들 밑에서 무시당하며 살아야 하는데?"

서러움이 북받쳐 오르는지 정태의 목소리가 떨렸다. 단이는 흠 칫 놀랐다.

'뭐야, 그렇게 간절한 거야?'

단이는 더는 몰아세우지 않고 입을 다물었다. 아무리 힘들어도 내색하지 않던 정태에게서 볼 수 없는 모습이었다. 따지고 보면 미우라 사장한테 당한 건 단이 자신이지 정태가 아니었다. 정태에게 자신의 감정을 강요할 권리는 없었다.

"난 꼭 이기고 말 거야. 미우라 사장보다도 더 맛있는 빵을 만들 거야."

정태가 두 주먹을 불끈 쥐었다. 단이는 그런 정태 모습이 낯설었다.

"근데 저들을 이기는 게…… 꼭 빵이어야 해?"

"이젠 세상이 변했어. 보리개떡이나 팥죽을 팔아서는 일본인들보다 잘살 수 없어. 사람들은 이미 빵 맛을 알아 버렸어. 너도 봤잖아? 제과점에 줄 선 사람들. 그리고 무엇보다 난 빵이 좋아. 빵을 만들고 싶어. 실은 오늘 모야제과점에서 종업원을 구한다는 말을 들었어. 단아, 너도 모야제과점에 들어가지 않을래?"

"뭐? 너 지금 그걸 말이라고 하니?"

단이는 눈이 튀어나올 듯이 소리를 꽥 질렀다. 정태는 예상했다는 듯 담담하게 단이의 호통을 받아들였다.

"너도 일을 해야 하잖아. 엄마 약값도 벌어야 하고……."

"됐어. 누가 너더러 그런 걱정해 달래?"

단이는 팩 토라져 자리에서 일어났다. 한동안 둘 사이에 침묵이 흘렀다. 그리고 얼마 후, 정태가 무겁게 입을 열었다.

"난 모야제과점에 들어갈 거야. 빵 기술을 꼭 배울 거야."

정태가 터벅터벅 골목길을 내려갔다.

'그래 가라, 이 나쁜 자식아. 이젠 너랑 볼 일 없을 거다.'

단이는 정태의 발자국 소리를 들으며 입술을 깨물었다.


단이는 부둣가에 자주 갔다. 익숙한 발걸음이 자기도 모르게 그곳으로 데려다 놓곤 했다. 멀찍이 떨어져서 팥죽 가게를 지켜보았다. 낯선 사람들이 들락거리며 수리를 하는 것 같더니 얼마 지나지 않아 '단이네 팥죽' 간판을 내리고 빵집 간판을 내걸었다.

팥죽 가게가 빵 가게로 바뀌었다. 단이는 가슴 한구석이 쿵 무너져 내리는 것 같았다. 앞쪽 벽을 뜯어내고 유리 창문을 달더니 빵을 내놓았다. 가게 안으로 들어가지 않고도 빵을 사 갈 수 있게 만들었다. 단이는 그 모습을 지켜보면서 생각했다.

'아, 우리도 저렇게 할걸. 엄마가 만든 개떡과 갓 쪄 낸 옥수수도 저렇게 내놓고 팔걸.'

팥죽 가게 단골이던 하역장 지게꾼 아저씨들이나 좌판에 생선을 벌여 놓고 파는 아주머니들이 아무렇지 않게 빵을 사 먹었다. 마치 처음부터 그곳이 빵집이었던 것처럼. 이제 단이네 팥죽 가게는 아예 잊은 것 같았다.

단이는 그 광경을 보면서 한동안 부둣가를 떠나지 못했다. 지겹게만 느껴지던 그곳이 이제야 애달픈 건 무슨 변덕일까. 팥죽 가게는 단이가 선택한 것은 아니었지만, 팥죽 가게를 통해 세상을 보고 견뎌 냈다. '미운 정 고운 정' 다 들었다는 말처럼 단이에게 그곳은 때로는 절망이었고, 때로는 희망이었다.

"손님 이리 가까이 와서 보세요. 맛있는 빵 많이 있어요."

가게 앞에 나와 있던 일본인 여자가 생글생글 웃으며 단이를 불렀다. 주변에서 서성거리는 단이를 손님이라 여긴 모양이었다.

단이는 다가가 빵을 고르는 척하면서 매대 위에 놓인 빵을 살펴보았다. 종류별로 가지런히 정리된 본점과는 달리 여러 가지 빵이 뒤섞여 있었다. 한쪽에 '모야제과점'이라 쓰인 종이 봉지가 가득 쌓여 있었다. 바로 단이가 확인하고 싶었던 것이다. 예상대로 모야제과점 분점이었다. 부두 지점을 내기 위해 단이네 팥죽 가게를 빼앗은 셈이었다.

"모야제과점이라면?"

단이가 종이 봉지를 보며 물었다.

"네, 시내에 있는 그 유명한 모야제과점 맞아요."

여자가 마치 자랑하듯 대답했다. 그런데 빵들이 좀 이상해 보였다. 모양이나 때깔이 본점에서 본 것과는 달랐다. 앙꼬가 밖으로 터져 나왔거나, 겉이 탔거나, 모양이 찌그러진 것들이 많았다. 한눈에 봐도 상품성이 떨어졌다. 그제야 단이는 이곳에 분점을 낸 이유를 알 것 같았다. 하루 세끼 먹고살기에도 바쁜 이곳 사람들은 모양이나 때깔 따위는 중요하게 생각하지 않았다. 배만 부르면 될 터였다. 그 점을 노려 상품성이 떨어지는 빵을 이곳에서 처리하려는 꼼수가 분명했다.

"본점에 있는 빵이랑 많이 다르네."

단이는 마치 혼잣말을 하는 양 여자에게 똑똑히 들리게 중얼거렸다.

"다르다뇨? 뭐가요?"

조금 전까지도 단이에게 생글생글 눈웃음을 치던 여자가 새치름한 표정으로 물었다.

"앙꼬가 터지고, 찌그러지고……."

"그건 빵을 옮기다 그런 거지 먹는 데는 아무 문제 없어요. 대신 싸게 팔잖아요!"

여자의 표정이 일그러졌다.

"아니죠, 제대로 된 걸 팔아야죠!"

단이는 빵을 뒤적거리며 실망스러운 표정을 지었다. 그때 매대 쪽으로 남자 손님 둘이 다가왔다. 낯익은 얼굴이었다. 팥죽 가게 에 자주 오던 지게꾼 아저씨들이었다. 단이는 얼른 옆으로 돌아 섰지만 벌써 보았는지 한 아저씨가 아는 척을 했다.

"어, 팥죽 가게 딸 아녀?"

"아, 안녕하세요?"

단이는 난감했지만 인사를 할 수밖에 없었다. 그러자 여자가 의심 가득한 눈빛으로 단이를 쳐다보았다.

"어머닌 이제 좀 괜찮으시고?"

"아, 예. 아저씨들도 잘 지내셨어요?"

단이는 여자의 매서운 눈초리에 곤혹스러웠지만 대화를 이어 가야 했다.

"우리야 만날 그렇지 뭐. 일이 지금 끝나서 점심을 놓쳤어. 얼른 허기나 때우고 가려고……."

아저씨들은 빵을 하나씩 고르더니 선 자리에서 순식간에 먹 어 치웠다. 동전 몇 닢을 여자에게 건네고는 물 한 컵씩을 청해 마셨다. 빵 하나로 허기진 배를 채우기에는 부족해 물로 보충하는 모양이었다. 그러고는 일터로 걸음을 재촉했다.

단이는 뱃가죽이 들러붙은 아저씨 등에서 덜렁이는 지게를 멍하니 바라보았다.

"호호, 이제 보니⋯⋯."

여자가 야릇한 미소를 흘렸다. '봐라, 너희 가난한 조선인들에게 빵 모양이나 때깔이 무슨 대수냐. 그마저도 배불리 사 먹지 못하잖아'라고 비웃는 듯했다.

단이는 입술을 깨물며 돌아섰다. 이제 이곳은 단이네 팥죽 가게가 아니라 모야제과점 부두 지점이라는 현실을 뼈저리게 깨달았다. 다시는 오지 않을 것이다.

단이는 마지막으로 천천히 부둣가를 둘러보았다. 낯익은 풍경이 아프게 눈에 박혔다. 더 물러날 곳이 없는 사람들이 악착같이 매달려 사는 곳. 배부르고 등 따스운 게 하늘만큼이나 절실했던 엄마는 단이를 데리고 이곳에 뿌리를 내렸다. 그리고 대접이 넘치도록 팥죽을 퍼 주며 푸짐한 수다를 끝도 없이 풀어놓곤 했다. 단이는 이곳에서 그물에 걸려 파닥이는 물고기처럼 고통을 견뎌냈다. 애잔한 기억들이 파도처럼 밀려왔다 밀려갔다.

단이는 바다를 향해 섰다. 부둣가는 땅의 끝이자 바다의 시작이다. 마침 작은 고깃배 한 척이 막 바다를 향해 나아가고 있었다. 저 고깃배는 물고기를 한가득 싣고 돌아올 것이다. 단이는 새삼 깨달았다. 길은 한 방향으로만 나 있지 않고 여러 갈래로 뻗어 있다는 것을.

'그래, 여기가 끝이 아니야. 다시 시작해 보는 거야. 바로 여기에서.'

단이는 문득 다른 길로 나아간 정태가 생각났다. 그날 이후 정태를 만나지 못했다. 정태에게 미안한 생각이 들었다. 제 감정에 못 이겨 정태를 비난했다. 하필 원수 같은 미우라 사장을 좇아가는 것 같아 정태가 야속하기만 했다. 정태의 꿈은 그 일이 있기 전부터 이미 품어 온 것인데, 정태를 만나 사과하고 싶었다.

불현듯 정태의 말이 떠올랐다.

'모야제과점에서 종업원을 구한대.'

단이는 벌레라도 털어 내듯 고개를 세차게 저었다.

'미쳤어, 자존심도 없이. 아니야, 정태 생각을 하니까 그냥 떠오른 것뿐이라고!'

그러다 한 생각이 머리를 짓눌렀다. 아까 집을 나오면서 보니 엄마 약이 하루치밖에 남지 않았다. 지난번에도 약방 아저씨께 사정해서 외상으로 가져왔는데, 당장 일자리를 구해야 한다.

단이는 구인 공고가 붙은 상점을 찾아다녔다. 부두와 가까워서 그런지 지게꾼을 구하는 곳이 많았다. 가게들이 모여 있는 곳을 돌아볼 생각으로 더 걸었다. 한참 걷다 보니 본정통(상업 중심지를 뜻하는 일본식 지명으로, 번화가를 일컫는 말로 통한다)으로 이어지는 이정표가 보였다. 왠지 낯익었다.

'어, 여긴 모야제과점으로 가는 길인데.'

미우라 사장을 찾아가던 날, 이곳을 지나던 기억이 났다. 단이는 망설였다. 그쪽으로 가고 싶지 않았다. 발바닥도 욱신거려 어느 가게 앞 평상에 걸터앉았다. 한참 앉아 있는데, '모야제과점'이라 쓴 깃발을 펄럭이며 짐바리 자전거가 달려왔다. 무심코 바라보던 단이의 눈이 커다래졌다. 정태였다.

'기어이 거기로 갔구나.'

예상하긴 했지만 눈으로 보니 새삼스러웠다. 옆으로 휙 지나가는 정태의 모습이 무척 밝아 보였다. 단이는 벌떡 일어나 정태를 불렀다.

"정태야, 김정태!"

자전거가 끼익 멈추더니 정태가 돌아보았다.

"어, 강단!"

정태가 자전거를 돌려 단이에게 왔다.

"좋아 보인다. 빵 배달 가냐?"

"응, 넌 여긴 웬일이야? 아, 너 내 말 받아들였구나?"

정태가 환하게 웃으며 말했다. 단이는 당황스러웠다. 그런데 왠지 아니라는 말이 나오지 않았다.

"그, 그래."

"잘 생각했어. 역시 강단답다. 호랑이를 잡으려면 호랑이 굴로 들어가라는 말이 있잖아. 혹시 아냐, 더 좋은 기회가 될지. 빨리가 봐. 오늘이 모집 마지막 날이야. 난 배달 가야 해서 이만 갈게.
이따 저녁에 보자."

정태가 손을 흔들더니 엉덩이를 씰룩거리며 저보다 큰 짐바리
자전거를 타고 달렸다. 찌릉찌릉, 자전거 종이 경쾌하게 울렸다.

'기운이 넘치네.'

정태가 탄 자전거가 모퉁이로 사라지자 그제야 단이는 낯선 길
에 서 있음을 실감했다. 모야제과점. 정태 말대로 정말 모야제과
점을 찾아온 것 같은 기분이 들었다.

'그래, 자존심이 밥 먹여 주나? 딱 한 번만 자존심을 누르자. 절
대 자존심을 버리는 게 아냐.'

단이는 스스로 다독이며 길을 걸었다. 큰길로 들어서니 널찍한
네거리에 모야제과점 간판이 보였다.


"무슨 일이지? 다 끝난 걸로 아는데."

미우라 사장이 눈살을 찌푸리며 말했다. 단이도 다시 보고 싶
지 않은 얼굴을 보니 억울한 마음이 되살아나 가슴이 벌렁거렸
다. 그러나 단이는 애써 담담한 표정으로 말했다.

"종업원을 구한다고 들었습니다. 여기서 일하고 싶습니다."

단이는 사장을 똑바로 쳐다보고 말했다.

"여기서 일하고 싶다고?"

사장은 믿기지 않는다는 듯 단이를 뚫어지게 쳐다보았다. 이곳

을 찾아와 일자리를 구한다는 게 이해되지 않는 눈치였다.

"종업원 채용은 히로세에게 맡겼으니 그쪽으로 찾아가시오."

"사장님께서 직접 채용해 주세요. 외상값 대신 팥죽 가게를 가져가셨으니 저희 생계에 대해 얼마간의 책임이 있으니까요."

단이는 어떻게 말을 꺼내야 할지 고민스러웠는데, 이상하게 말이 술술 나왔다.

"나에게 책임이 있다? 아주 당돌하군."

사장이 어이없다는 표정으로 단이를 쳐다보았다. 단이도 똑바로 쳐다보았다. 애써 아무렇지 않은 척했지만 등에서는 땀이 흘러내렸다. 자존심을 누르고 여기까지 왔는데, 거절당한다면 참담할 것 같았다.

"열심히 일하겠습니다."

머리를 숙이고 부탁을 해도 모자랄 판에 겁도 없이 사장실로 찾아와 채용해 달라고 당당하게 요구하는 조선인은 처음이었다. 사장의 입가에 야릇한 미소가 흘렀다.

"흠, 히로세에게 말해 둘 테니 내일 아침부터 출근하도록."

"열심히 하겠습니다."

감사하다는 말은 나오지 않았다. 단이는 결국 모야제과점 종업원이 되었다.

처음으로 출근한 날, 히로세가 직원들을 모아 놓고 업무를 지시했다. 매일 아침 하는 일이라고 했다.

"너, 이름이 뭐야?"

히로세가 팔짱을 낀 채 물었다. 단이는 불쾌했다. 정태에게 들으니 나이 차이도 세 살밖에 안 난다는데 거만하게 굴었다. 게다가 사람을 쳐다볼 때 눈을 치켜뜨는 버릇 때문인지 이마에 주름이 깊게 패어 꽤 불량스럽게 보였다.

"강단입니다."

"흥, 사장님께 직접 찾아갔다며? 이 히로세를 무시하고?"

히로세의 괴롭힘은 그날부터 시작되었다.

· 셰상이 뒤집어질 비밀

○

　단이는 정태와 따로 이야기할 기회를 노렸지만 도저히 짬이 나
지 않았다. 점심을 먹고 미우라 부인이 2층으로 올라간 뒤에야 겨
우 틈이 났다. 단이는 얼른 배달부실로 갔다. 정태는 오후 배달을
나가기 위해 빵을 정리하고 있었다.

"바빠?"

"응, 오후에 배달할 곳이 많아."

　정태는 하던 일을 계속하면서 대답했다.

　'아무리 바빠도 사람 좀 쳐다보고 대답하면 어디 덧나냐?'

　단이는 목구멍까지 올라온 말을 꾹 삼켰다.

"오늘 저녁에 좀 보자. 할 말이 있어. 이따 마당바위로 와."

"저녁에?"

그제야 정태가 단이를 쳐다보았다. 망설이는 기색이었다. 단이는 한마디 쏘아붙여 주려다 다른 배달 직원이 들어오는 소리를 듣고 참았다. 정태가 그를 의식해서인지 단이를 쳐다보며 '알았어'라고 입 모양으로 뻐금거렸다.

단이는 자전거에 힘겹게 올라타는 정태의 뒷모습을 멀뚱히 쳐다보았다. 정태는 아직 경연에 대해 모르는 것 같았다. 알았으면 저렇게 태연할 리가 없을 테니까.

'죽어라 배달만 다니지 말고 정보도 좀 살피고 해라, 이 멍구(바보) 같은 놈아.'

단이는 멀어지는 정태에게 눈총을 쏘았다.

단이는 저녁 설거지를 끝내자마자 집을 나섰다. 정태가 올 시간이 얼추 된 것 같았다. 마당바위는 단이네 집 가까이에 있는 커다란 바위다. 넓고 평평해서 어려서부터 정태와 자주 놀았다. 모야제과점에 들어가기 전까지만 해도 여기서 자주 만나 이야기를 나누곤 했는데, 그 뒤로는 처음이었다.

오후부터 구름이 두껍게 끼더니 달이 보이지 않았다. 어둠이 내린 산동네에 기침을 하듯 등불이 하나둘 켜졌다. 어떤 집의 불빛은 제 집 마당을 훤히 비출 만큼의 품이지만, 어떤 집의 불빛은 창호 문을 빠져나오자마자 토방 마루에 주저앉고 만다. 그래도 한데 어울리니 밤하늘을 수놓는 별들처럼 아름다웠다. 땅 위에 뜨는 별 같았다.

멀리서 발소리가 들렸다. 저 아래 골목길 어디쯤에서 정태가 올라오고 있는 게 느껴졌다. 단이는 벌떡 일어나 골목을 내려다보았다. 어둠을 걷어 젖히고 올라오는 정태의 모습이 점점 뚜렷해졌다.

"생각보다 일찍 왔네."

정태를 보자 낮에 서운했던 마음은 온데간데없이 사라지고 반가웠다. 정태가 숨을 헐떡거리며 뛰어왔다.

"마당바위는 그대로네."

정태가 마당바위에 엉덩이를 붙이며 말했다.

"그러게. 마당바위는 여기 그대로 있는데, 그새 많은 게 변해 버린 것 같아."

단이도 같은 생각인지 고개를 끄덕였다.

"낮에 네 얼굴 보니까 무슨 일이 있는 것 같던데, 정말 무슨 일 있어?"

'요런 앙큼한 녀석, 눈치채고 있었으면서 안 그런 척한 거네.'

단이의 입꼬리가 살짝 올라갔다.

"일이 있긴 있지만, 세상 뒤집어질 일은 아닌데……."

단이는 자신이 걱정되어 서둘러 온 정태에게 감동해서 둘러댔다. 정태가 단이를 빤히 쳐다보았다.

"뭘 그렇게 쳐다보냐? 아무리 내 얼굴이 보고 싶어도 달이 안 떠서 잘 안 보일 텐데."

단이는 괜히 쑥스러워서 농담을 건넸다.

"무슨 일이냐고."

단이 장난에 어이가 없다는 듯 정태가 눈길을 돌려 하늘을 올려다보았다.

"달이 없는 밤하늘은 앙꼬 없는 단팥빵 같네."

뜬금없는 단이 말에 정태가 또다시 단이를 빤히 쳐다보았다.

"앙꼬 없는 단팥빵은 단팥빵이 아니듯이…… 제과점에서 일하면서 제빵사가 되지 못하면 그게 뭐냐 이 말이야. 너 모야제과점 제빵 경연대회 있는 거 모르지?"

"알아."

정태는 한 치의 머뭇거림도 없이 대답했다.

"안다고?"

단이는 태연하게 말하는 정태를 쏘아보았다. 알고 있으면서 왜 아무 말도 하지 않았느냐고 묻고 싶었다.

"소문을 듣긴 했지만 얼마 전에야 정확하게 알게 됐어. 수습생들이 술렁거리기에 물어봤어. 근데 넌 어떻게 알았어?"

정태가 단이 마음을 읽었는지 허둥대며 말했다.

"미우라 사장이 다른 제과점 사장들과 하는 얘기를 들었어. 귀남이한테 확인도 했고. 난 네가 모르는 줄 알고 얘기해 주려고 애썼는데, 넌 알고 있으면서 왜 나한테 말해 주지 않았어?"

단이는 정태가 무엇이든 다 자기에게 말해 준다고 생각해 왔는데, 그게 아니었다니 서운하고 화가 났다.

"넌 제빵에 관심 없잖아."

"뭐?"

단이는 정태의 말에 날을 세웠지만 그렇게 보였을 수도 있겠다 싶었다. 자신도 빵에 관심이 있다는 걸 이제야 알았으니까.

"그래도 섭섭하긴 해……. 너 경연에 나갈 거지?"

"물론이지. 그런데 문제가 있어."

"무슨 문제?

"조선인은 경연에 참가할 수 없대."

"그런 법이 어딨어? 누가 그래?"

단이가 버럭 화를 내자 정태가 의외라는 듯 바라보았다.

"그런 법이 있는지 없는지는 모르지만, 여태껏 조선인은 한 번도 경연에 참가한 적이 없대. 미우라 사장이 조선인이 빵 만드는 걸 싫어하기 때문이래."

"그래서 그때 조선인들이 자기네 단팥빵을 배우려 한다니까 사장이 발끈한 거구나. 모야제과점에 조선인 수습생이 한 명도 없는 이유를 알겠네."

"이번 경연엔 히로세가 우승할 거라고들 하더라. 우승해서 정식 제빵사가 되면 일본에 돌아가 제과점을 차릴 거라고."

"흥, 이미 다 짜여 있는 거네. 어차피 1등은 모야제과점에서 나올 거라더니."

"그래도 난 꼭 경연에 나갈 거야."

정태가 단호하게 말했다.

"조선인은 안 된다며? 이 벽을 어떻게 넘을 건데?"

단이는 정태만의 문제인 것처럼 말했지만 자신의 문제이기도 해서 정태의 생각을 듣고 싶었다. 그리고 자신의 결심도 정태에게 알리고 싶었다.

정태는 한동안 말이 없더니 목소리를 낮춰 은밀하게 말했다.

"나한테 방법이 있어."

듣던 중 반가운 소리였다.

"어떤 방법?"

단이는 궁금해서 정태의 눈앞에 제 얼굴을 훅 들이밀었다. 정태가 움찔 놀라며 엉덩이를 뺐다. 단이가 더 가까이 다가가며 물었다.

"그게 뭐냐고?"

"나중에…… 말해 줄게."

"야, 김정태! 정말 이럴래? 경연을 알고도 말 안 하더니, 너 요즘 아주 이상해진 거 알아? 모야제과점 들어가고부터 딴사람이 된 거 같아."

방법이 있다면서도 말해 주지 않자 흥분한 나머지 단이의 목소리가 커졌다.

"되도록 그 방법을 안 쓰려고 해. 하지만 끝내 다른 방법이 없다면…… 써야겠지."

정태가 무거운 목소리로 말했다. 정태의 목소리에 비장함이 느껴져서 단이는 더욱 궁금해졌다.

"알았어. 너한테 세상이 뒤집어질 내 비밀을 말해 주려고 했는데 관둬야겠다. 네가 날 못 믿는데 내가 왜……."

"세상이 뒤집어질 비밀? 그게 뭔데?"

정태가 놀란 눈으로 단이를 쳐다보았다. 단이는 정태가 궁금한 것은 못 참는 성미라는 걸 진작부터 잘 알고 있던 터였다.

"싫어. 나도 말해 줄 수 없어. 네가 믿을 만한 친군지 나도 생각 좀 해 봐야겠어."

그때였다. 구름에 가려 보이지 않던 달이 빼꼼 얼굴을 내밀었다.

"와, 달이 나왔네!"

단이는 자기도 모르게 탄성을 질렀다. 정태도 하늘을 올려다보았다. 먹구름을 뚫고 나온 달은 더없이 맑고 밝았다. 달빛이 마당바위로 쏟아져 내렸다. 달빛을 머금은 마당바위가 은빛으로 빛났다. 마당바위에 걸터앉은 정태도 함께 빛나 보였다.

단이는 이 순간을 놓칠세라 말했다.

"정태야, 나도 제빵사가 될 거야. 이번 경연에도 나갈 거야!"

정태는 아무 말이 없었다. 너무 놀란 걸까, 아니면 터무니없는 생각이라고 대꾸조차 안 하는 걸까.

"놀랐니?"

"하, 정말 세상이 뒤집어질 일이네. 갑자기 왜 그런 생각을 하게 된 거야?"

한참 만에 정태가 물었다. 응원한다는 건지 꿈 깨라는 건지 알
수 없는 말이었다. 설령 정태가 꿈 깨라고 한다 해도 단이는 아무
런 영향도 받지 않겠다고 마음먹었지만, 이왕이면 정태의 응원을
받고 싶었다.

"나도 빵 만드는 거 좋아해. 다만 못 올라갈 나무라 생각하고
쳐다보지 않았을 뿐이야."

"쉽게 생각하지 마."

"쉽게 생각하는 거 아니야. 여자 제빵사가 없다는 것도 알아.
하지만 내가 처음으로 여자 제빵사가 되면 되잖아. 길은 걸어가
야 생긴다고 했어."

"넌 빵에 관심도 없었잖아. 모야제과점에 들어간 건 순전히 생
계 때문이었고."

정태가 단이의 결심이 미심쩍다는 듯 말했다.

"아냐, 나도 빵에 관심 있어. 네가 처음 단팥빵을 갖다준 날 맛
본 그 맛을 지금도 잊을 수가 없어. 이제야 고백하지만, 입안에 맴
도는 그 맛을 잊지 못해 직접 만들어 보기도 했어. 물론 실패했
지만 말이야. 생각 같아서는 금방 만들 것 같았는데 쉽지 않더라.
재료는 팥죽이랑 별반 다를 게 없어도 만드는 방법이 전혀 다르
니까 될 리가 없지. 아무튼 그걸 보면 내가 빵에 관심이 없는 게
아니라는 말이야."

정태는 단이의 말을 조용히 듣고 있었다.

"난 당당히 꿈을 말하는 네가 부러웠어. 난 꿈이란 걸 꿀 줄을 몰랐어. 중학교 진학을 포기하면서 희망이 사라져 버렸거든."

"그럼 너도 제빵사가 되어 제과점을 하고 싶은 거야?"

"잘 모르겠어. 그냥 빵을 만들고 싶어. 그래서 이번 경연에 꼭 참가할 거야."

"어떻게?"

단이가 정태에게 한 질문을 이번에는 정태가 단이에게 했다. 조선인이라 넘을 수 없는 공통의 벽에 여자라는 더 높은 장벽까지 단이 앞에 버티고 있었다.

"미우라 사장이 단단히 쳐 놓은 그물에도 어딘가 구멍이 있을 거야. 그걸 노리면 승산 있는 싸움일 수도 있어."

"그물은 뭐고, 구멍은 또 뭐야? 좀 쉽게 말해 봐."

정태가 조급하게 물었다. 자신이 생각한 방법이 아니고도 다른 방법이 있겠다는 생각에 조바심이 났다.

"귀남이에게 들으니까 작년 모집 공고에 조선인은 안 된다는 말은 없었던 것 같대. 내 생각에도 그럴 것 같아. 친절과 예의를 가장한 가면을 쓴 채 사람들에게 존경받는 미우라 사장이 모집 공고에 대놓고 조선인은 안 된다고 할 리는 없단 말이지. 그렇게 하면 자신의 위선이 드러날 테니까. 바로 그 점을 이용하는 거야."

"네 말대로 조선인 참가 여부는 그렇게 확인하고 부딪혀 본다

쳐. 그런데 여자가 제빵사가 되겠다는 걸 받아들일지⋯⋯."

정태가 무겁게 입을 열었다. 단이가 듣기에 정태의 말속에는 불가능하다는 의미가 담겨 있었다. '꿈 깨'라는 말을 돌려 표현하는 것 같았다.

"각오하고 있어. 그래서 내가 세상이 뒤집어질 비밀이라고 한 거야. 그래도 해볼 거야. 그러니까 너마저 불가능하다는 표정 짓지 말아 줘."

"휴!"

정태가 땅이 꺼지게 한숨을 내쉬었다. 그러고는 미안했는지 얼른 손으로 입을 막았다. 단이가 눈을 흘겼다.

"아무튼 모집 공고가 붙으면 서둘러 신청하자. 올해는 참가자 수를 크게 줄인다더라. 참, 그런데 네가 쓰겠다는 그 방법은 뭐야? 혹시 히로세에게 매달려 보려는 거야?"

"아니, 히로세는 미우라 사장보다도 더 조선인을 싫어하는 놈이야."

"그래도 너하곤 좀 친한 거 아니야?"

"개뿔이나 친하긴! 전에도 말했지만 내가 그놈과 엮인 건 제빵 정보를 얻기 위한 것뿐이야."

정태는 히로세와 자기는 별개라고 강조했다. 정태는 제 꿈을 이루기 위해서는 지금의 수모쯤 얼마든지 견뎌 내겠다는 의지가 강했다. 저 무모한 용기는 어디서 나오는 걸까. 단이는 정태가 위태

로워 보였다.

"우리 함께 도전해 보자. 고집불통인 네가 결심했다면 포기할 리가 없지. 하지만 만만치 않을 거야. 각오는 단단히 했겠지?"

단이는 대답 대신 고개를 힘차게 끄덕였다. 자신을 이해해 준 정태가 고마웠다.

"곧 공고를 낼 거래. 자세한 건 그때 다시 의논하자."

골목을 내려가는 정태의 발소리가 심장 소리처럼 울렸다. 단이는 정태의 발소리가 들리지 않을 때까지 오래 서 있었다.

· 조선인은 안 돼

○

빵이 들어왔다. 오전에 들어오는 빵은 수십 상자 분량이다.

"야, 빨리빨리 확인해!"

부랴부랴 빵 상자를 내려놓은 수습생들이 다른 날 같지 않게 재촉해 댔다.

"아이참, 숨넘어가겠네. 지금 하고 있잖아요."

귀남이 잔소리하는 수습생에게 눈을 흘겼다. 이쪽에서 받은 빵을 확인해 줘야 수습생들 임무가 끝나는 거라 장부를 든 귀남을 따라다니며 재촉했다.

"전단지 붙이러 나가 봐야 하니까 빨리빨리 해!"

'전단지?'

빵을 정리하던 단이가 돌아다보았다. 수습생 중 한 명이 전단지 뭉치를 들고 있었다. 제빵 경연대회 공고일 것이다. 단이는 가슴이 두근거렸다. 귀남이 확인서를 쓰는 동안 수습생 하나가 가게 문에 전단지를 붙였다. 단이는 빨리 읽어 보고 싶었지만 빵 정리를 끝내야 볼 수 있었다.

빵 정리가 끝나자마자 단이는 얼른 물걸레를 들고 밖으로 나갔다. 미우라 부인의 시선이 단이를 따라왔다. 단이가 손자국이 찍힌 출입문을 닦자 미우라 부인이 흡족한 듯 미소를 흘리더니 눈길을 돌렸다. 단이는 재빨리 공고를 읽었다.

## 제7회 모야제과점 제빵 경연대회

**접수 :** ○○월 ○○일부터 ○○일까지, 선착순 15명

**참가 대상 :** 빵을 좋아하는 사람은 누구나 지원 가능

**예선 :** ○○월 ○○일, 빵을 제출한 자 가운데 2명 선발

**본선 :** 예선 7일 후, 최종 우승자 선발

**시상 내역 :** 우승자는 모야제과점 정식 제빵사로 인정

　　　　　　제과점 개업 시 적극 지원(단, 조리법은 모야제과점에 귀속)

• 전문가 3인이 공정하게 심사함.

• 경연에 필요한 재료는 모야제과점에서 지원함.

역시 예상한 대로였다. 참가 조건은 '빵을 좋아하는 사람은 누구나'였다. 사장은 교묘하게 머리를 썼다. 공고대로라면 모든 사람에게 기회를 공평하게 주고, 수상자를 크게 후원하는 것 같지만 이미 꼼수를 준비해 두었을 것이다. 사람들은 공고를 보고 미우라 사장을 존경할 수밖에 없을 터였다.

'빵을 좋아하는 사람은 누구나 지원할 수 있다.'

단이는 바로 이 지점이 비집고 들어갈 틈이라고 생각했다. 문제는 '선착순' 접수였다. 내일부터 접수가 시작된다고 하니 내일 아침 첫 번째로 접수해야 한다. 내용대로라면 신청 기간이 여러 날이지만 그건 눈속임일 터였다. 모야제과점 수습생만도 스무 명인데, 빨리 접수하지 않으면 낭패하기 십상이다. 그들이 기한 안에 인원이 마감되었다고 접수를 받지 않으면 그만이다.

'빨리 정태를 만나 의논해야겠어.'

정태도 소식을 들었는지 배달을 마치고 돌아온 뒤 히로세에게 가지 않고 배달부실에서 서성거렸다. 단이는 귀남이 눈치채지 않게 빈 상자를 옮기는 척하면서 배달부실로 갔다. 정태가 기다렸다는 듯이 단이를 쳐다보았다. 단이가 '마당바위'를 입 모양으로 전했다. 정태가 고개를 끄덕였다.


단이가 먼저 마당바위에 도착했다. 달이 마중 나와 마당바위를 비추고 있었다.

'그래, 지금은 비록 우리 꿈이 홀쭉하지만 나중엔 보름달처럼 그득 채워질 거야.'

단이는 달을 바라보며 마음을 다잡았다.

"단아!"

정태가 숨을 헐떡거리며 뛰어왔다.

"이놈아, 배 꺼진다. 그렇게 뛰어다니지 마!"

단이가 엄마 말투를 흉내 내며 말했다. 엄마가 자주 정태에게 하던 말이다.

"그 소리 들은 지 오래됐네. 아주머닌 좀 어떠셔?"

"나아지고는 있는데, 팔목은 워낙 상처가 깊어서 완전하게 회복되기는 어려울 것 같아. 근데 입은 완전히 회복됐어. 날마다 욕을 배부르게 얻어먹고 있거든."

"뭐? 하하하, 으윽!"

정태가 웃다가 옆구리를 감싸며 신음을 냈다.

"왜 그래? 어디 아파?"

"괜찮아. 내가 보기보다 맷집이 센데, 치사하게 세 명이 한꺼번에 달려드는 바람에."

"싸웠어?"

단이는 깜짝 놀라 물었다.

"히로세에게 경연에 대해 물었다가……. 조선인도 참가할 수 있느냐고."

84

"그래서 맞은 거야?"

"조선인은 아무것도 하지 말래. 궁금해하지도 말고, 생각 같은 것도 하지 말래. 시키는 일이나 잘하래."

정태가 씁쓸하게 웃었다.

"히로세, 이 나쁜 놈."

단이는 부아가 치밀었다. 아무리 사장 조카라지만 히로세는 종업원들 위에 왕처럼 군림했다. 단이에게도 사사건건 시비를 걸었다. 사장을 통해 들어왔고, 다른 사람들과 달리 자기에게 살살거리지 않으니까 눈엣가시로 여겼다.

"히로세는 또 다른 미우라 사장이야. 지난번에 네가 말한 것처럼 밖으로 보이는 가면이 미우라 사장이라면, 히로세는 가면을 벗은 미우라 사장인 셈이야."

"알고 있어. 사장이 히로세에게 힘을 실어 주는 이유가 바로 그거지. 친절하고 예의 바른 사람으로 소문난 사장이 할 수 없는 일을 히로세가 맡은 거지."

"이번 경연 참가 신청서도 자기를 통해서 내야 한다고 목에 힘을 주더라."

"그러니까 우린 히로세를 상대할 게 아니라 사장과 직접 담판을 지어야 해. 사장이 허락하면 히로세도 별수 없지."

단이가 확실하게 맥을 짚듯이 말했다.

"그래, 미우라 사장과 담판을 해야지."

정태가 발밑의 풀을 잡아 뜯으며 조용하게 되뇌었다.

"참, 네가 말했던 그 방법은 뭐야? 되도록 쓰고 싶지 않다는 그 방법 말이야. 그게 뭔지 알아야 우리 둘 중 좋은 방법을 쓰지."

"사장과 직접 거래를 하는 거야."

"거래?"

한낱 배달부에 불과한 정태가 사장과 직접 거래를 하겠다는 건 흥정할 비장의 무기가 있다는 건데, 도대체 그게 무엇인지 단이는 몹시 궁금했다.

"내가 사장의 약점을 알고 있거든. 그 증거도 가지고 있고. 그게 알려지면 사장은 치명적인 불명예를 안게 될 거야. 그를 따르는 제과 업계 사람들도 모두 등을 돌릴 거야."

"와, 그 정도야? 사장은 네가 자기 약점을 알고 있단 걸 알아?"

"모를 거야."

"근데 넌 그 약점을 어떻게 알았어?"

"재료상에서 배달할 때⋯⋯."

정태는 더는 말하지 못하고 머뭇거렸다.

"정말 이 방법은 쓰고 싶지 않았어. 좀 치사한 방법 같아서. 난 사장의 빵에 대한 진심만큼은 믿거든. 자기 빵에 대한 자부심과 열정이 대단한 사람인 건 사실이야. 그만큼 실력도 갖췄고."

정태가 이 절박한 상황에서도 망설이는 건 미우라 사장의 빵에 대한 진심을 믿기 때문임을 알 수 있었다. 달빛에 비친 정태의 옆모습이 어른처럼 깊어 보였다.

"태평양 전쟁 때문에 모든 물자를 통제한다는 연락이 일본에서 왔고, 제과 업계도 비상이 걸렸어. 재료상에 배당되는 재료로는 턱없이 부족해서 제과점들이 문을 닫을 지경이었어. 특히 빵을 많이 만드는 모야제과점의 손해가 클 건 뻔한 일이었지. 제과 업자들이 공동으로 출자한 재료상의 대표를 맡고 있던 미우라 사장은 전쟁 핑계를 대면서 다른 제과점들 몫의 재료를 빼돌렸어. 그러고는 모야제과점에서 빵을 만들어 다른 제과점에 도와준다는 명목으로 팔았어. 또 다른 흑심도 있고."

"또 다른 흑심?"

"잘될 것 같은 다른 제과점은 미리 싹을 자르는 거야. 자신의 적수가 되지 못하게 말이야. 물론 겉으로는 도와주는 척하면서. 그때 문 닫은 제과점도 몇 군데 있었어. 그 속내를 모르는 업계 사람들은 미우라 사장을 존경하며 따르지. 얼마 전에 네가 봤다던 그 사람들처럼."

"혼자서 제과업을 독점하겠다는 속셈이네."

"너희 가게 빼앗으려고 하던 무렵에 재료상 장부를 몰래 보다가 알게 됐어. 그 전에도 좀 이상하게 생각하긴 했지만. 그리고 너희 가게만이 아니었어. 욕심나는 자리는 어떻게든 빼앗으려고 수단과 방법을 가리지 않는 사람이야."

"정말 단단히 가면을 쓴 사람이네."

단이는 그 정도 약점이면 충분히 미우라 사장과 담판할 만하다는 생각이 들었다. 그러나 정태가 망설이는 이유를 알기에 강요하고 싶지는 않았다.

"그럼 네 방법은 최후에 쓰기로 하고, 우선 내 방법을 써 보자. 내가 사장과 부딪쳐 볼게."

"네가? 무슨 수로?"

"빵을 좋아하는 사람은 누구나 참가할 수 있다고 공고에 쓰여 있잖아."

"그거야 뻔한 말이지."

"알아. 하지만 네가 그랬잖아. 사장은 냉혹하고 교활하지만 빵에 대해서만큼은 진심이라고. 그게 사실이라면, 진심을 다해 부탁해 보면 되지 않을까? 정말 진심으로 빵을 만들고 싶다고 말이야."

정태는 단이의 제안에 긍정도 부정도 하지 않은 채 불안한 표정으로 골목을 내려갔다. 단이도 말은 그렇게 했지만 자신은 없었다.

'치, 치사해지기 싫다며? 그럼 경연 포기할래?'

단이는 정태의 뒷모습을 바라보며 입을 삐죽거렸다.


이튿날 아침, 단이는 사장실 문을 똑똑 두드렸다. 안으로 들어서는 단이를 보더니 미우라 사장이 눈썹을 씰룩거렸다.

"무슨 일이지?"

"드릴 말씀이 있습니다."

"일에 관한 거라면 히로세에게 말하도록."

"제빵 경연에 참가하고 싶습니다."

사장이 뚱한 표정으로 단이를 쳐다보았다.

"지금 뭐라 했나?"

"저도 이번 경연에 참가하고 싶습니다."

"지금 농담하나?"

사장은 대꾸할 가치도 없다는 듯 고개를 돌려 버렸다. 그러고는 혼잣말처럼 중얼거렸다.

"흥, 세상이 뒤집어질 일이군."

"빵을 좋아하는 사람은 누구나 참가할 수 있다고 분명히 공고에 쓰셨잖아요. 저도 빵을 좋아합니다. 사장님처럼 맛있는 빵을 만드는 제빵사가 되고 싶습니다."

"안 돼!"

사장이 단칼에 거절했다.

"왜 안 되죠? 조선인이라서요, 여자라서요? 모야제과점을 찾는 손님들은 물론 빵도 맛있지만 사장님이 친절하고 훌륭한 분이라고 말합니다. 그 손님들 중에는 조선 사람도 많아요. 빵을 팔 때는 일본 사람, 조선 사람 안 가리면서 왜 조선 사람은 빵을 못 만들게 하죠?"

단이가 당차게 따지자 사장의 표정이 일그러졌다.

"너희 조선인은 그냥 우리가 하라는 대로만 하면 돼, 알겠어?"

"히로세와 똑같은 말을 하시네요. 사장님께 실망했습니다. 다른 사람들도 이런 사장님의 모습을 알까요?"

사장이 당황한 표정을 지었다. 그 순간을 놓칠세라 단이는 목소리에 더욱 힘을 주었다.

"저는 처음 모야제과점 단팥빵을 먹은 날을 잊지 못합니다. 세상에 이렇게 맛있는 빵이 있다는 게 놀라웠고, 어떤 사람이 이런 빵을 만드는지 몹시 궁금했습니다. 그래서 직접 빵을 만들어 보았어요. 입안에서 계속 감돌던 맛을 기억하며 만들었지만 실패했어요. 쉽게 될 리가 없죠. 사장님은 제빵 분야에선 최고라 들었습니다. 그 바탕엔 빵을 진심으로 좋아하는 사장님의 열정이 있다고 생각합니다. 저도 사장님처럼 빵을 좋아해요. 그런 순수한 마음으로만 저를 좀 봐주시면 안 될까요?"

조용히 듣고 있던 사장이 단이를 뚫어지게 쳐다보았다.

"왜 빵을 만들고 싶지?"

사장의 갑작스러운 질문에 이번에는 단이가 당황했다. 그럴듯한 대답을 해야 할 텐데 얼른 생각나지 않았다.

"그냥 빵이 좋아서요."

단이는 대답해 놓고 긴장했다. 너무 뻔한 대답이었나.

"흠, 그렇지. 이유가 없지. 그냥 좋아서 만드는 거지."

사장의 입가에 엷은 미소가 피어올랐다.

"좋아, 이번엔 조선인에게도 경연 참가를 허락하지. 실력이야 수습생들에 비할 바가 못 되겠지만 빵에 대한 기본자세가 되어 있으니 허락하지."

"고맙습니다. 그런데 히로세가……."

"히로세한테도 말해 두겠네. 조선인의 신청도 받으라고."

단이는 미우라 사장에게 꾸벅 절을 하고 사장실을 나왔다. 정태의 비밀 무기를 쓰지 않아도 되어 다행이었다. 이 기쁜 소식을 빨리 정태에게 알려 주고 싶은데, 그새 배달을 나가고 없었다.

점심시간에 돌아온 정태와 함께 히로세를 찾아갔다.

"경연 신청서를 내겠다고? 미쳤나, 이것들이?"

히로세가 눈에 불을 켜고 벌떡 일어났다. 정태가 움찔했다.

"사장님이 허락하셨어요."

단이가 히로세를 쏘아보며 말했다.

"기분 나쁘게 넌 눈빛이 너무 세. 처음부터 거슬리더니 결국 일을 만들고야 마네."

히로세가 무섭게 단이를 쏘아보았다. 예상은 했지만 히로세는 노골적으로 거부 반응을 보였다. 그러나 제가 아무리 그래도 사장이 허락했는데 어쩌겠는가. 단이는 정태에게 기죽지 말자고 눈짓을 보냈다.

이야기를 들었는지 수습생들이 하나둘 모여들었다.

"조선인이 경연에 참가한다고? 그게 말이 돼? 에이, 기분 나빠."

히로세의 부하 노릇을 하는 녀석이 정태의 발치에 침을 칙 뱉었다.

"사장님 어떻게 되신 거 아냐? 조선인들은 절대 안 된다고 했잖아."

여기저기서 불만에 찬 목소리가 터져 나왔다.

"말조심해! 사장님이 어떻게 되신 게 아니라 저것들이 분수를 모르고 날뛰는 거야. 분수를 모르고 날뛰면 어떻게 되는지 알지? ㅎㅎㅎ."

히로세가 기분 나쁘게 웃어 보였다.

뜻밖의 만남

o

경연 홍보 효과인지 며칠 동안 제과점에 손님이 붐볐다.

"이번엔 누가 우승할까? 경연할 때 꼭 와서 봐야지."

경연에 대한 사람들의 관심은 생각보다 대단했다. 가게 안에 빈
자리가 날 틈이 없었다. 단이는 정신없이 탁자를 치워야 했지만
하나도 힘들지 않았다.

"어머, 선교사님! 어쩐 일이세요?"

갑자기 귀남이 큰 소리로 인사했다. 선교사라는 말에 단이는
저도 모르게 뒤를 돌아보았다.

"아, 귀남 학생!"

귀남이 선교사라는 남자의 팔을 잡고 방방거렸다. 잘 아는 사
이인지 일반 손님에게는 할 수 없는 행동을 하고 있었다. 그런데

금발에 키가 크고 등이 넓은 뒷모습이 낯설지 않았다.

'윌리엄 선교사님?'

남자가 비스듬히 서자 분명 윌리엄이었다. 단이는 깜짝 놀랐다. 그때 미우라 부인이 계산대에서 나와 윌리엄에게 공손히 인사했다. 단이는 어떻게 해야 할지 몰라 당황스러웠다. 가서 인사를 해야 하나, 모른 척해야 하나 망설였다. 그러는 사이 미우라 부인이 윌리엄을 2층 사장실로 안내했다.

단이는 얼른 귀남에게 갔다.

"귀남아, 아는 분이야?"

"그럼, 저분은 윌리엄 선교사님이야. 우리 교회에서 교리 강연도 하고, 청소년부에서 공부도 가르쳐 주셔."

귀남은 자랑스럽게 윌리엄에 대해 설명했다.

"아, 너 교회 다니지."

그제야 단이는 가끔 귀남이 교회 이야기를 한 기억이 떠올랐다. 그때마다 건성으로 들어서 잊고 있었다.

"선교사님과 사장님이 잘 아는 사이인가 봐?"

"그렇진 않아. 오늘 처음 오셨어. 사장님이 선교사님을 초대하셨대."

"초대?"

갈수록 오리무중이었다. 윌리엄과 미우라 사장이 어떻게 연결이 되는지 단이는 당최 종잡을 수가 없었다.

"내 추측인데, 사장님이 선교사님을 경연 심사 위원으로 모시려고 하는 것 같아. 물론 선교사님이 승낙해야겠지만 말이야."

귀남이 단이 귀에 대고 속삭였다.

"그래?"

"수습생들 말로는, 심사 위원은 이름뿐이고 실제 심사는 사장님 혼자 하는 거나 마찬가지래."

"그건 공정하지 않잖아. 그럼 선교사님도 이름만 빌려주겠네?"

"우리 선교사님은 그렇게는 안 하실걸, 절대로."

"네가 그걸 어떻게 장담해?"

"선교사님은 어렵고 힘든 조선 사람을 돕기 위해 먼 나라에서 오셨어. 자기 나라에 있었으면 편하게 지낼 분이 여기까지 와서 숱한 고생을 견디는 이유가 뭐겠어? 그런 일을 하려는 건 아니잖아. 옳지 않은 일에 나설 분이 아니란 말이야."

단이는 윌리엄을 절대적으로 믿고 감싸는 귀남이 다시 보였다. 그러나 한편으로는 질투가 났다.

"그런데 경연 심사를 부탁할 땐 자격이 있으니까 했겠지?"

"물론이지. 우리 선교사님은 많은 사람들에게 존경받는 분이야. 게다가 선교사가 되기 전엔 유명한 제빵사였대."

"그게 정말이야?"

단이가 화들짝 놀라 물었다.

"왜 그렇게 놀라? 내가 거짓부렁이라도 한다는 거야? 못 믿겠으면 우리 교회에 가서 물어보든가. 가끔 빵을 만들어서 나눠 주기도 하시니까."

'선교사님이 제빵사였다고?'

알 수 없는 무언가가 가슴을 훑고 지나갔다.

얼마 후, 윌리엄과 미우라 사장이 2층에서 내려왔다. 단이는 윌리엄이 심사 위원을 맡겠다고 했을지 궁금해 숨어서 표정을 살폈지만 알 수가 없었다. 윌리엄은 사장과 인사를 나눈 뒤 가게를 나갔다.

단이는 까치발을 하고 유리창 너머로 윌리엄의 모습을 좇았다. 그날 이후 여러 일을 겪고 헤쳐 나오느라 윌리엄을 잊고 있었다.

윌리엄을 만난 건 단이가 모야제과점에 처음 방문했던 시점과 거의 같다. 외상값을 갚을 수 있게 며칠만 기한을 미뤄 달라고 미우라 사장을 찾아왔다가 보기 좋게 거절당하고 돌아가던 날, 길 위에서 운명처럼 그를 만났다.

"컹, 컹컹!"

피를 토하듯 개 짖는 소리가 났다. 삼거리로 통하는 위쪽 골목 길에서 일본 순사 두 사람이 흰 개를 질질 끌고 내려왔다. 개가 가지 않으려고 버티며 울부짖는 소리였다. 그 소리가 심장을 서늘하게 했다. 단이는 멈춰 섰다.

"백구야, 가지 마! 아저씨, 제발 우리 백구 데려가지 마세요."

어린 소년이 울면서 달려왔다. 아버지인 듯한 사람이 따라와 아이를 붙잡았다. 그러나 아이는 목이 터져라 '백구야, 백구야!'를 외치며 몸부림쳤다. 아이에게 가려고 몸부림치는 백구를 순사가 발로 차며 아이의 아버지에게 고함을 질렀다. 아이의 아버지는 혼비백산이 되어 아이를 들쳐 업고 골목으로 걸어갔다.

아이와 백구의 울음소리가 뒤섞여 대낮의 신작로를 덮었다. 길 가던 이들이 걸음을 멈추고 혀를 끌끌 찼다. 어떤 이들은 자신이 백구가 되고 소년이 되어 발만 동동 굴렀다.

"군인들 방한용 모피로 쓴다고 개 공출령을 내리더니 개라는 개는 다 잡아가네."

"죽일 놈들, 마치 제 것인 양 당당하게 뺏어 가네. 이러다 이 땅에 개 한 마리 남아나질 않겠어."

"애고, 철없는 아이라 개가 불쌍해서 저러지만 안 내놨다간 제 아버지가 끌려갈 판인디."

지켜보던 이들이 안타까워 한마디씩 보탰다. 백구가 필사적으로 버티자 목줄을 잡고 있던 순사가 곤봉으로 사정없이 내려쳤다.

단이는 백구가 맞을 때마다 자신이 맞는 것처럼 마음이 욱신거렸다.

'물어, 콱 물어 버려!'

단이는 주먹을 불끈 쥐고 속으로 외쳤다. 그러나 백구는 공포에 제압된 듯 매질을 고스란히 당하고만 있었다. 맞아 쓰러지면서도 멀어져 가는 아이를 바라보며 울부짖었다. 제발 구해 달라는 듯 애처로운 눈빛으로. 마침내 백구의 발버둥이 멈추더니 짖는 소리마저 그쳤다. 세상이 정지된 것처럼 조용했다.

그 순간, 단이의 목구멍에서 울음이 터져 나왔다.

"으흐흑……."

울음은 물에 불린 미역처럼 점점 부풀어 올랐다. 백구 때문에 우는 것인지 어린 소년 때문에 우는 것인지, 아니면 미우라 사장에게 제압당한 채 무기력하게 물러 나올 수밖에 없었던 자신 때문에 우는 것인지 모른 채 단이의 울음은 대책 없이 이어졌다.

백구를 패대기치던 순사가 고개를 홱 돌렸다. 수상한 울음소리의 진원지를 찾는 듯 두리번거렸다. 행인들이 순사를 향해 눈총을 쏘았다. 그제야 순사는 자신들의 잔혹한 행위를 경멸 어린 눈으로 바라보는 시선을 의식했는지 소리를 질러 댔다.

"누구야? 누가 감히 성전에 바칠 제물 앞에서 불경스럽게 울음소리를 내는 거야?"

매섭게 주변을 훑던 순사의 눈길이 단이 쪽으로 향할 때였다.

"읍!"

누군가 단이의 입을 틀어막았다. 손에서 촛불 냄새가 났다. 손은 단이를 잽싸게 끌어 어딘가에 밀어 앉히더니 이내 두 팔로 끌어안았다. 옷에서도 촛불 냄새가 났다. 순식간에 벌어진 일이었다. 숨이 막혔다. 단이가 바동거리자 조였던 팔이 조금 느슨해졌다. 눈앞에 보이는 건 그의 가슴팍이었다.

그때 순사의 악다구니가 다시 들렸다.

"누구냐니까? 누가 불경스럽게 우느냐고! 빨리 나오지 않으면 다 가만두지 않겠어."

그제야 단이는 누군가의 손이 자신을 구했음을 깨달았다. 그리고 이 가슴팍은 그 손의 주인임이 분명했다.

순사의 악다구니가 점점 가까이서 들려왔다. 단이는 온몸이 떨렸다. 손이 가만가만 등을 토닥였다. 이 손이 자신을 보호하고 있다는 생각이 들자 마음이 놓였다. 누구일까 궁금했지만 얼굴을 들 수가 없었다. 얼굴을 드는 순간 순사의 곤봉이 내려칠 것만 같았다. 단이는 그 가슴팍에 얼굴을 더 깊이 묻었다.

순사의 악다구니가 점점 멀어졌다.

"됐어요. 이제 안심해도 돼요."

우리말 발음이 서툴렀지만 목소리가 따뜻했다. 단이는 얼른 고개를 들었다.

"아!"

단이는 벌어진 입을 다물지 못했다. 밀가루처럼 하얀 얼굴에 푸른 눈, 금발의 남자였다. 구레나룻이 무성해 나이를 짐작할 수 없었지만, 마치 아버지처럼 따뜻한 인상을 풍겼다.

"큰일 날 뻔했어요. 다 큰 처자가 길에서 그렇게 울면 어떡해요.

아, 난 윌리엄입니다. 선교사입니다."

온화한 미소를 띠며 윌리엄이 손을 내밀었다. 단이는 당황해서 얼른 손을 뒤로 감추었다. 윌리엄이 멋쩍게 웃었다. 단이는 윌리엄과 함께 인력거에 앉아 있었다.

"인력거를 타고 가다 끔찍한 광경을 보고 멈춰 서 있었는데, 학생이 갑자기 울어서…… 놀랐다면 미안해요."

"아, 아닙니다. 고맙습니다."

단이는 공손히 고개를 숙였다.

"힘들어 보이는데, 집까지 바래다줄 테니 타고 가세요."

"괜찮습니다. 그럼 이만."

한 발짝 걸음을 떼던 단이는 그대로 주저앉고 말았다.

"학생, 정신 차려요!"

눈을 떠 보니 윌리엄과 그의 부인인 듯한 여자가 걱정스러운 표정으로 내려다보고 있었다.

"이제 정신이 들어요?"

"어머나, 여기가 어디예요?"

단이는 허리를 세워 앉으며 주위를 둘러보았다.

"안심해요. 여긴 내 집이에요. 정인여학교 선교사 사택."

윌리엄이 빙그레 미소를 지으며 말했다.

"정인여학교요?"

정인여학교라면 단이가 진학하고 싶었던 학교다. 그러나 공부는 소학교 졸업으로 충분하다고 생각한 엄마 때문에 진학은 물거품이 되어 버렸다. 그렇게 인연이 되려다 만 학교에서 살고 있는 선교사에게 도움을 받다니 우연치고는 기이했다. 단이는 자신을 학생으로 알고 있는 윌리엄에게 학생이 아니라고 말하고 싶었지만 선뜻 입이 떨어지지 않았다.

"자, 이걸로 요기 좀 해요. 얼른 기운을 차려야지."

윌리엄 부인이 내민 접시 위에 큼지막한 빵이 놓여 있었다. 배가 고팠지만 단이는 사양했다.

"괜찮습니다. 배고프지 않습니다."

꼬르륵, 빵을 보자 배 속에서 요동을 쳤다. 단이는 무안해서 배를 꾹 움켜쥐었다.

"호호, 배 속처럼 정직한 건 없어요. 다 숨겨도 배 속 사정은 숨길 수 없는 법이랍니다. 윌리엄이 직접 만든 거예요. 꽤 먹을 만하니 어서 먹어 봐요."

윌리엄 부인이 빵을 뜯어 단이 손에 쥐여 주었다.

그날 맛본 윌리엄의 빵은 좀 독특했다. 아무 맛이 없는 듯한데 맛있었다. 단팥빵처럼 달거나 부드럽지 않은데도 특별한 맛이 있었다. 그러나 단이는 시장이 반찬이라고, 배가 고파서 맛있게 느낀 것이라고 생각했다. 그런데 지금 생각해 보니 확실히 그 빵 맛은 모야제과점에서 먹어 본 그 어떤 빵과도 달랐다.

'어떻게 만들었을까.'

단이는 불현듯 경연에 낼 빵을 만드는 데 윌리엄의 도움을 받을 수 있겠다는 생각이 들었다. 그러나 위기의 순간에 도움을 받았으면서 지금껏 연락도 한 번 안 하다가 불쑥 찾아가기가 망설여졌다.

그날 학생도 아닌 처지로 학교 안에, 게다가 선교사 사택에 머물러 있는 게 못내 불편해 서둘러 일어서는 단이에게 윌리엄 부인이 한 말이 떠올랐다.

'언제든 도움이 필요하면 찾아와요.'

이대로 물러설 순 없어

○

　빵 상자를 가지고 온 일본인 수습생들이 희한한 구경이라도 하듯 단이를 쳐다보며 수군거렸다. 빵 상자를 단이가 미처 받기도 전에 일부러 놓아 버려 빵이 쏟아져 버렸다.

　"이런, 제빵사가 되겠다면서 빵을 그렇게 함부로 다루면 되나? 빵 상자도 제대로 못 들면서 무거운 빵틀은 어떻게 들려고?"

　미리 짠 모양인지 함께 온 놈들이 뒤에서 킥킥거렸다. 미우라 부인이 눈을 부릅뜬 채 달려왔다.

　"칠칠치 못하긴. 어서 빨리 줍지 않고 뭐 해!"

　"그게 아니라……."

　억울한 마음에 항변하려는데, 귀남이 단이 팔을 살짝 꼬집으며 눈을 깜짝해 보였다. 참으라는 신호였다. 단이는 정신이 번쩍 들었다. 어쩌면 저들은 단이가 문제를 일으키도록 덫을 놓은 것인지도 모른다. 단이는 꼿꼿하게 세웠던 눈살을 풀었다.

'그래, 지금은 얼마든지 무시해라. 내가 반드시 제빵사가 되어 네놈들을 팍팍 밟아 줄 테니.'

단이는 속으로는 이를 갈았지만 미우라 부인에게 허리를 숙였다.

"죄송합니다. 앞으로는 조심하겠습니다."

바닥에 쏟아진 빵을 주워 상자에 담았다. 귀남이 함께 빵을 정리하며 속삭였다.

"조심해, 모두 너를 벼르고 있으니까."

단이는 귀남이 고마웠다.

정태는 배달을 나가 단이처럼 들볶이지는 않았다. 일본인 수습생들은 지금까지 지켜 오던 관행을 깨고 조선인으로서 경연에 도전한 단이를 대놓고 골탕을 먹였다. 히로세는 경연 신청자에게 지급하는 밀가루를 비롯한 재료를 사흘이나 지나 나눠 주었다. 며칠 뒤면 빵을 만들어 제출해야 하는데 연습할 시간이 턱없이 모자랐다.

"필요한 재료는 받았고, 이제 연습해야 하는데 넌 생각해 둔 게 있어?"

퇴근하는 길에 정태에게 물었다.

"응."

"뭔데?"

"야채빵."

"야채빵? 그걸 만들 수 있어?"

"단팥빵의 팥 대신 야채를 넣어 보려고."

"와, 너 대단하다."

정태는 이미 계획을 세웠는데, 문제는 단이 자신이었다.

단이는 윌리엄을 만나 보고 싶었다. 윌리엄에게 사정을 설명하고 도움을 받고 싶었다.

'언제든 도움이 필요하면 찾아오라고 했으니까.'

불쑥 찾아가기가 민망했지만 용기를 냈다.

사택 마당에 들어서자 안에서 도란도란 이야기를 나누는 소리가 들렸다. 손님이 있나. 단이는 그냥 돌아가려다 이왕 왔으니 인사라도 하고 가자는 생각에 현관문을 두드렸다.

"오, 이게 누구야. 어서 와요, 강단."

윌리엄이 두 팔을 활짝 벌려 반겨 주었다. 단이는 자신을 잊지 않고 기억해 준 것만도 고마운데, 진심으로 반겨 주니 눈물이 핑 돌았다.

"모야제과점에서 선교사님을 봤어요."

"아, 그래요?"

단이는 무슨 이야기부터 꺼내야 하나 고민했다.

"사실은 저 거기서 일하고 있어요, 종업원으로."

"거기 내가 아는 학생도 직원으로 있는데."

"네, 귀남이한테 선교사님 이야기 들었어요."

"아, 그랬군요. 귀남은 밝고 착한 아이예요. 둘이 서로 친하게 지내세요."

"네, 근데 미우라 사장님과 친분이 있으신가요?"

"친분이 있는 건 아니고, 갑자기 그쪽에서 만나자는 연락이 와서 갔어요. 제빵 경연에 심사를 맡아 달라고 요청을 받았어요."

귀남의 추측이 맞았다.

"심사하기로 하셨어요?"

윌리엄이 고개를 저었다.

"난 그런 심사는 안 해요. 이름만 빌려 달라는데, 그게 무슨 뜻인지 알아요. 장난치는 데 동조할 수는 없어요."

짐작은 했지만 직접 들으니 더 믿음이 갔다. 단이는 그동안 미우라 사장과 얽힌 악연과 정태와 함께 경연에 참가하게 된 그간의 이야기를 털어놓았다.

"오, 강단은 대단한 소녀예요. 문은 두드리는 자에게 열리는 거예요. 잘해 봐요."

윌리엄이 단이 등을 토닥여 주었다.

"선교사님, 부탁드릴 게 있어요. 저에게 빵 만드는 법을 가르쳐 주세요. 지난번에 먹었던 그 빵 맛을 잊을 수가 없어요."

"내 빵은 경연에서 우승할 수 있는 빵이 아니에요. 모야제과점 빵처럼 달달하고 모양도 예뻐야 사람들의 입맛을 사로잡을 수 있어요. 내가 만드는 빵은 그냥 집에서 부담 없이 만들어 먹는 빵이에요."

"알아요. 저도 처음 단팥빵을 먹었을 때 깜짝 놀랐어요. 그렇게 달고 맛있는 빵은 처음 먹어 봤거든요. 그 부드럽고 달착지근한 맛이 주는 자극은 굉장했어요. 입안에서 오래 감돌아 다른 맛이 끼어들 여지가 없을 정도로요."

"강단 미각이 대단해요. 그럼 내가 만든 빵 맛은 어땠나요?"

윌리엄은 단팥빵에 대한 단이의 품평에 놀라는 눈치였다. 자신이 만든 빵은 어떻게 평가할지 자못 궁금한 표정을 지었다.

"선교사님이 만든 빵을 먹었을 때도 깜짝 놀랐어요. 단팥빵과는 전혀 다른 특별한 맛이었어요."

"특별한 맛?"

"네, 과하지 않은 풍미가 평온함과 행복감을 주었어요. 달콤하진 않지만 씹을수록 은은한 단맛이 살아났어요. 그런 단맛은 물리지 않고 자꾸만 더 먹고 싶어지는 맛이에요. 마치 아무리 먹어도 질리지 않는 밥처럼요."

"호, 품평 솜씨가 보통 수준을 넘는데요. 게다가 타고난 미각을 갖고 있어요."

윌리엄 부인이 혀를 내두르며 칭찬했다. 단이는 쑥스러워 얼굴을 붉혔다.

"그러게요. 강단은 섬세한 미각을 타고난 것 같군요. 원래 그랬나요?"

"모르겠어요. 저희 엄마가 음식 솜씨가 좋거든요. 특히 팥죽 맛은 아무도 못 따라온다고 자부심이 대단해요. 얼마 전까지 팥죽 장사도 하셨고요."

"좋아요. 용기 있는 조선인 소녀 강단에게 내 빵 조리법을 가르쳐 주고 싶군요."

"아, 감사합니다. 선교사님!"

단이는 감사한 마음에 벌떡 일어나 큰절을 했다. 윌리엄이 단이를 일으켜 앉히며 호탕하게 웃었다.

"빵에 대한 기본을 가르쳐 줄게요. 응용하는 건 스스로 찾아야 해요."

"네, 열심히 배울게요."


단이는 제과점 일이 끝나자마자 선교사 사택으로 달려갔다. 윌리엄은 반죽하는 것부터 가르쳐 주었다.

"조선 사람은 끼니마다 밥을 먹지만, 우리나라에선 빵을 밥처럼 먹어요. 그래서 우리 빵은 달지 않아요. 밥처럼 물리지 않고 오래오래 먹어야 하니까."

"선교사님 나라에서는 왜 밥을 안 먹어요? 우리처럼 쌀을 다른 나라에 다 빼앗기나요? 그래서 밥 대신 빵을 먹나요?"

단이는 큰 배에 산더미처럼 쌓인 채 실려 가던 쌀가마를 떠올리며 물었다.

"그게 아니라 기후가 맞지 않아서 우리나라에선 벼가 자라지 못해요. 대신 밀이 잘 자라서 밀가루로 빵을 만들어 먹지요."

"아, 네."

세상에 쌀을 먹지 않는 나라가 있다는 게 단이는 신기했다. 우리 조선에서도 부족한 쌀 대신 빵을 만들어 배부르게 먹으면 좋겠다는 생각이 들었다.

"빵은 기본적으로 밀가루, 물, 소금만 있으면 돼요."

"그것만으로도 그렇게 맛있는 빵을 만들 수 있다고요?"

"그럼요, 인간은 아주 오래전부터 이미 이렇게 빵을 만들어 먹었어요."

윌리엄은 밀가루 한 대접을 양푼에 퍼 담고 소금 한 꼬집을 넣은 후 물을 조금씩 부어 가며 반죽했다. 물이 밀가루에 골고루 스며들도록 손가락을 계속 움직이며 덩어리를 만들어 갔다. 단이는 하나라도 놓칠세라 눈을 부릅뜨고 윌리엄의 손끝을 지켜보았다.

"반죽 농도는 이 정도면 됐고, 이제 발효시켜야 해요."

"발효가 뭐예요?"

"발효는 빵이 부풀어 오르도록 반죽을 공기 중에 두는 거지요. 공기 중에 떠다니는 효모라는 미생물을 만나 발효가 되는데, 요즘 빵집에선 촉매제를 사용해 발효 시간을 앞당겨요. 자연적으로 발효가 되려면 시간이 많이 걸리거든. 그러면 장사하는 데 이익이 덜 나게 되니까. 자, 하루 동안 이대로 둡시다."

"하루씩이나요?"

"허, 마음을 느긋하게 먹어야지 급하면 안 돼요. 빵을 만드는 일은 기다림을 배우는 공부이기도 해요. 발효가 되지도 않았는데 성급하게 구우면 다 망쳐 버려요."

'기다림을 배우는 공부.'

단이는 윌리엄의 말을 속으로 따라 했다.

"사람 사는 일도 마찬가지예요. 준비 없는 성마른 행동은 실패를 부르기 십상이지. 자연을 생각해 봐요. 봄, 여름, 가을, 겨울, 다 순서가 있잖아요. 꽃들도 때를 기다렸다가 피어나죠. 아무튼 제대로 발효되지 않으면 고소하고 담백한 빵 맛이 나지 않으니까 명심하도록 해요."

"네, 알겠습니다. 근데 옛날 사람들 참 머리가 좋았네요? 어떻게 반죽을 발효시킬 생각을 했을까요?"

"처음에는 발효되지 않은 밀가루 반죽을 그대로 구워 먹었겠죠. 그러다 어느 날 깜박 잊어버리고 놔뒀다가 나중에야 보니 반죽이 부풀어 있었겠죠. 버리기 아까워 그대로 구웠더니 뜻밖에 더 부드럽고 맛 좋은 빵을 발견하게 되지 않았을까?"

"와, 그런 엄청난 일이 그렇게 평범하게 발견되었다고요?"

"하하, 그냥 내 생각이에요. 보지 않았으니 알 수가 없지. 그러나 위대한 발견은 항상 평범함 속에 있어요. 그걸 발견하는 눈을 가진 사람이 앞서가는 사람이고. 강단도 어른이 되면서 많은 걸 발견하게 될 테니 늘 준비하는 자세를 가져야 해요."

단이는 윌리엄의 말을 다 이해할 수는 없었지만, 열심히 배우면 맛있는 빵을 만들 수 있다는 말로 받아들이기로 했다.

"그러면 발효되는 시간을 감안해서 빵 구울 시간도 맞춰야겠네요."

"맞아요. 역시 강단은 머리가 좋아요. 내일은 직접 반죽을 만들어 보도록 해요. 밀가루는 보는 것과 직접 만질 때의 느낌이 확연히 다르니까 손에 익혀야지."

"네, 반죽은 저도 많이 해 봤어요. 팥죽 가게 할 때."

"아, 그럼 반죽의 질감은 어느 정도 알겠군요."

단이는 윌리엄의 제빵 수업이 마음에 들었다. 기본부터 알기 쉽게 설명해 주어 이해하는 데 어렵지 않았다. 이대로 하면 큰 어려움 없이 경연을 준비할 수 있을 것 같았다.

'정태는 잘하고 있을까?'

단이는 문득 정태가 궁금했다. 윌리엄에게 제빵을 배우느라 정태를 잊고 있었다.

단이는 일찍 출근해 주방을 정리한 뒤 배달부실로 갔다. 다행히 정태 혼자 앉아 있었다.

"정태야!"

정태의 눈이 퀭하게 들어갔다. 표정도 굳어 있었다. 뭔가 잘 풀리지 않는 모양이었다.

"야, 꼴이 그게 뭐냐? 경연에 나가 보지도 못하고 죽게 생겼다."

단이는 일부러 농담을 건넸다.

"넌 얼굴이 환한 걸 보니 경연을 놀이로 생각하나 보네. 죽을힘을 다해도 될까 말까인데."

정태가 정색하며 말을 받았다.

"왜 그래? 장난으로 한 말인데."

그래도 정태의 굳은 표정은 풀리지 않았다.

"왜? 뭐가 잘 안 돼?"

빵이 제대로 안 만들어지는 건지, 히로세가 또 괴롭히는 건지 단이는 걱정스러운 마음에 물었다.

"네가 알아서 해결될 일이 아니니까 그냥 놔둬. 혼자 생각 좀 하게."

"힘들면 함께 의논해서 풀어 가야지. 선인장처럼 그렇게 가시만 바짝 세우고 있으면 뭐가 해결이 되냐? 뭔데 그래? 말해 봐."

정태는 입을 다문 채 대답하지 않았다. 단이는 머쓱해져 나와 버렸다.

'선교사님이 빵 만들 땐 즐거운 마음으로 하라고 했는데.'

단이는 정태를 윌리엄에게 한번 데려가야겠다고 생각했다.


'반죽이 잘 발효됐을까.'

단이는 퇴근하자마자 선교사 사택으로 달려갔다.

"와, 정말 반죽이 부풀었어요. 신기해요!"

봉긋하게 부풀어 오른 밀가루 반죽을 보자 단이의 가슴도 부풀었다.

"자, 그럼 빵을 구워 볼까?"

윌리엄이 반죽을 들고 화덕으로 갔다.

"이건 내가 만든 화덕이에요. 조선 화덕은 너무 낮아 내 키에 맞게 좀 높게 만들었어요."

윌리엄이 직접 만들었다는 진흙 화덕은 단이한테는 높았다. 화덕에 숯불을 피운 다음 반죽을 넣었다.

"이렇게 넣어 두면 빵이 노릇노릇 구워질 거예요. 구워지면서 지금보다 더 커질 거고."

"여기서 더 커진다고요?"

윌리엄이 미소를 머금으며 고개를 끄덕였다. 빵 만드는 걸 가르치는 게 즐거운 모양이었다. 단이는 그런 윌리엄이 너무 좋고 고마웠다. 꼭 경연 때문이 아니어도 이렇게 빵을 만들고 있는 시간이 즐거웠다. 얼굴에 절로 미소가 번졌다.

"강단은 빵 만드는 게 그렇게 좋아요?"

"네, 그러는 선교사님도 저한테 빵 만드는 걸 가르쳐 주시는 게 무척 즐거워 보이는데요."

"하하하, 맞아요. 난 빵 만들 때 참 행복해요. 내가 여러 사람을 가르쳐 봤지만 강단처럼 감각 있고 재능 있는 사람은 만나지 못했어요. 무엇보다 즐거운 마음으로 빵을 만들어야 하는데 강단도 나처럼 행복해 보여요. 내 말이 맞지요?"

"네, 빵 만드는 게 참 좋아요."

"자, 그럼 빵이 구워지는 동안 강단이 직접 반죽을 해 봐요."

"네."

윌리엄이 밀가루를 반 대접 퍼 주었다. 그러고는 단이가 반죽하는 모습을 조용히 지켜보았다.

"밀가루 반 대접에 소금 살짝, 물은……."

밀가루가 어제와 양이 달라서 조심해서 반죽했는데 좀 무른 듯했다.

"반죽이 좀 묽지요?"

"처음에 물을 한꺼번에 다 부어서 그래요. 밀가루 양이 적을 땐 되직하다 싶게 반죽하고, 손에 물을 묻혀 가며 주물러서 농도를 맞춰야 해요."

"아, 어떡해요. 이 아까운 걸 망쳐 버렸나 봐요."

단이가 안타까워하자 윌리엄이 단이 어깨를 토닥거리며 말했다.

"괜찮아요. 그대로 발효시켜서 구워 봐요. 반죽이 무르면 어떻게 되는지도 알아야지요. 빵이 다 구워진 것 같네. 자, 볼까요?"

구수한 빵 냄새가 진동했다. 윌리엄이 먹음직스럽게 갈색빛을 띤 커다란 빵을 단이 앞으로 내밀었다.

"와, 정말 빵이 되었네요!"

단이는 하얗던 밀가루 반죽이 통통하고 길쭉한 먹음직스러운 빵으로 변한 것을 제 눈으로 보면서도 믿기지 않았다. 대변신이었다. 엄마의 칼질에 밀가루 반죽이 길쭉길쭉한 칼국수 면발로 변신하는 것처럼.

단이는 잘 구워진 빵을 들고 깊이 냄새를 들이켰다. 구수한 빵 냄새가 몸속 깊숙이 스며드는 것 같았다. 그 냄새에 세포들이 좋아라 하며 춤을 추는 것만 같았다. 빵 만드는 과정을 처음부터 끝까지 오롯이 지켜보았다는 사실이 너무나 감격스러웠다.

"선교사님, 이 빵 이름이 뭐예요?"

"캉파뉴!"

'캉, 파, 뉴……'

발음이 어려워서 단이는 잊어버리지 않기 위해 입속으로 여러 번 불러 보았다.

"캉파뉴가 무슨 뜻이에요?"

"프랑스어로 '시골'이라는 뜻인데, 주로 농부들이 먹던 서민의 빵이에요. 오래전부터 주식으로 먹어 왔지요. 좀 과장해서 말하면 이 빵 덕에 인류가 살아남았지요."

"그럼 희망빵이네요."

"희망빵?"

"이 빵을 먹고 인류가 살아남았으니 희망빵이지요."

"오, 그렇게 생각할 수도 있겠네."

단이의 머릿속에 번쩍 번개가 스쳐 갔다.

"선교사님, 이번 경연에 이 캉파뉴로 참가하고 싶어요. 선교사님 빵인데 그래도 될까요?"

"캉파뉴는 내 빵이 아니에요. 우리 모두의 빵이에요. 수천 년 동안 인류가 먹어 오던 것이 발전되어 지금의 모양이 된 거지요. 나도 배웠을 뿐이고. 이제 강단이 강단 나름의 캉파뉴를 만들어 봐요."

"고맙습니다!"

단이는 벅차오르는 기쁨을 안고 집으로 향했다. 이 기쁜 마음을 정태와 나누고 싶었다.

· 여자가 제빵사가 되겠다고?

○

"잘돼 가니?"

점심을 먹고 잠시 쉬는 짬에 귀남이 다가와 물었다. 단이는 무슨 소리인가 했다가 경연에 대해 묻는다는 걸 알아차렸다. 별일이었다. 귀남은 지금까지 단이와 정태의 경연 참가에 대해서 모른 체했다. 알게 모르게 소란의 중심에 있었는데 말이다. 그래서 단이도 귀남에게 따로 말하지 않았다. 그게 서로에게 좋을 것 같았다.

"아, 응."

"어렵게 참가한 만큼 잘해야 해!"

"고맙다, 귀남아. 네가 그렇게 말해 주니까 힘이 솟는다."

귀남의 응원에 단이는 코끝이 시큰했다. 모야제과점에 오면 본

능적으로 몸을 사리고 경계하게 되는데, 자기편이 있다는 사실에 마음이 따뜻해졌다. 단이는 귀남이 진심으로 고마운 한편 미안했다. 윌리엄과의 관계를 아직 말하지 못했다. 지금은 경연에만 집중하고 싶었다.

"강단, 네가 부럽다. 아무도 생각하지 못한 제빵사에 도전하다니. 그것도 여자 제빵사라니 내가 다 신난다."

귀남이 콧잔등을 찡긋 옹그리며 웃었다.

"아직 갈 길이 멀어……."

"넌 참 용기 있는 아이야."

귀남이 다정하게 말했다.

'귀남아, 너한테 할 말이 있는데 경연 끝나고 할게. 미안해.'

단이는 귀남을 바라보며 속으로 말했다.

경연 예선이 이틀 남았다. 단이는 그동안 반죽 발효와 굽는 것을 집중적으로 연습했다. 반죽은 물 조절과 발효가 중요하고, 빵을 구울 때는 불 세기가 중요하다고 윌리엄이 강조했다. 실패도 했지만 칭찬도 들었다. 수습생들은 날마다 빵 공장에서 일을 하니까 따로 시간을 내지 않아도 연습이 되겠지만 단이와 정태는 퇴근한 뒤에나 시간을 낼 수 있어 잠자는 시간까지 아껴야 했다.

잠깐 배달부실에 갔을 때, 정태의 표정이 밝아 보였다. 어려운 고비를 넘긴 모양이었다.

"정태야, 준비는 잘되고 있어?"

"응, 지난번엔 미안했어. 괜히 예민해져서 삐딱하게 굴었어."

"그래, 그때 너 꼭 선인장 같았어. 가시가 콕콕 돋아서. 앗, 그때 찔린 곳이 아직도 따가워."

단이가 가슴을 쥐어뜯는 척하자 정태가 머리를 긁적이며 웃었다.

"너도 잘 준비하고 있는 거지?"

"응, 우리 둘이 본선에 진출하면 좋겠다."

"그건 힘들 거야. 히로세 실력이 만만치 않거든."

"그래? 사장님 조카랍시고 거들먹거리는 줄만 알았는데 실력은 있는 모양이네?"

"히로세가 준비한 빵을 보고 사장님이 칭찬했대."

"그거 반칙 아냐? 사장님이 심사할 건데, 미리 알고 있으면 안 되는 거잖아?"

"모야제과점은 수습생 단계가 조금 특별해. 아무나 빵을 못 만들어."

"알아. 빵은 사장님과 제빵사만 만든다고 들었어. 근데 스무 명이나 되는 수습생들은 뭘 해?"

"수습생들은 각자 자기가 맡은 일만 해. 이를테면 재료 준비하는 사람, 반죽하는 사람, 빵 모양 만드는 사람, 굽는 사람, 구워진 빵에 물엿을 바르는 사람으로 나뉘어 있어."

"왜 그렇게 복잡하게 나눠 놓은 거야?"

"짧은 시간에 많은 빵을 일정한 맛으로 만들어 내기 위한 방법이지."

"그러니까 수습생일 때는 빵 만드는 과정을 전부 경험해 볼 수가 없는 거구나."

"맞아. 일반적으로 모든 단계를 하나씩 다 거쳐야 하지. 그런데 예외가 있어. 따로 연습해서 새로운 빵을 만들어 사장님한테 인정받는 거지, 히로세처럼."

"히로세가 그랬어?"

"히로세가 나를 따로 부른 이유가 그 때문이야. 혼자서 열심히 연습하면서 허드렛일은 나한테 시켰어. 그런데 나쁘지만은 않았어. 어깨너머로 배운 것도 있으니까."

"그랬구나."

"너 나한테 히로세 부하처럼 군다고 욕했지? 내가 괜히 그랬겠냐? 조선 사람은 수습생이 될 수 없으니까 그렇게라도 제빵 정보를 알아내려고 그랬던 거야."

"미안해, 그런 뜻이 있는지는 몰랐어."

"아니야, 어쨌든 우린 저들이 쳐 놓은 그물을 뚫고 경연에 참가하게 됐잖아. 다 네 덕분이지만."

"덕분은 무슨. 아무튼 꼭 예선에 통과해서 우리 둘이 결선에서 붙자."

"그래, 혹 둘 중 한 사람만 뽑히더라도 서로 도와서 조선 사람도 잘할 수 있다는 걸 보여 주자."

"만약에 우리 둘 다 떨어지면?"

정태가 이맛살을 찌푸렸다.

"하긴 그럴 수도 있겠다. 우리 실력이 부족해서든 저들의 꼼수에 의해서든 말이야."

"그럼 다음에 또 도전하면 되지, 뭐."

단이가 호탕하게 웃으며 말했다. 그런 단이를 보며 정태도 배시시 웃었다.


단이는 선교사 사택에서 마지막 제빵 실습을 마치고 나왔다. 내일 쓸 반죽을 만들어 놓고 오느라 다른 날보다 시간이 늦어졌다. 밤길은 벌써 인적이 드물었다.

산동네 골목에 막 접어드는 순간, 히로세가 나타났다.

"호, 이게 누구야. 여기서 보네."

먼저 아는 척하는 걸 보니 기다리고 있었던 모양이다. 히로세 양옆으로 모야제과점 수습생이 한 명씩 서 있었다.

"무슨 일이에요?"

단이는 바짝 긴장한 채 물었다. 지나가는 사람이 없어 골목에는 정적이 감돌았다.

"경연이 코앞인데 어딜 그렇게 한가하게 다녀오시나? 돈 들여, 시간 들여 경연 준비하는 게 네 눈엔 우습게 보이냐? 어디서 감히 조선인 따위가 나서!"

히로세가 건들거리며 다가왔다.

"왜 이래요? 이미 끝난 일을 가지고."

"끝난 일이라고? 그래, 끝났지. 너랑 정태 놈!"

히로세가 단이를 담벼락으로 우악스럽게 밀어붙였다. 그 바람에 담벼락에 튀어나온 뾰족 돌에 찔려 등이 아팠다. 히로세가 단이의 턱을 치켜올리며 히죽 웃었다.

"놔요! 소리칠 거예요."

"그래, 소리쳐 봐. 어디 소리 질러 보라고!"

히로세가 단이 턱을 으스러질 듯 세게 쥐었다.

"악!"

"너 처음 봤을 때부터 마음에 안 들었어. 어디 건방지게 여자가 제빵사가 되겠다고 나서? 삼촌이 따로 생각이 있다 하셔서 참으려고 했는데, 도저히 불쾌해서 참을 수가 있어야지. 대일본제국 신민인 내가 조선인 따위와 경연을 해야겠어? 어차피 너와 정태는 들러리일 뿐이지만. 그래도 이 히로세가 제빵사가 되는 역사적인 날에 조선인과 겨뤘다는 오점을 남길 수는 없지. 그러니까 경연엔 나오지 않는 게 좋아."

히로세가 단이 눈앞으로 무엇인가를 들이밀었다. 어둠 속에서 칼날이 반짝 빛났다.

"으, 으읍……."

단이는 히로세의 손아귀에서 빠져나오려고 발버둥 쳤지만 옴 짝달싹할 수가 없었다. 히로세의 눈에서 광기를 보았다. 단이는 무서웠다.

"그어 버리기엔 아까운 얼굴이지만, 넌 이미 선을 넘었어."

히로세의 거친 숨소리가 바로 귓가에서 느껴졌다.

"그만두지 못해!"

퍽 소리와 함께 히로세가 비틀거렸다. 그 틈에 단이는 얼른 옆 으로 빠져나왔다. 정태였다. 정태의 손에 몽둥이가 쥐어 있었다.

"저 새끼 잡아!"

히로세가 곁에 있던 수습생에게 소리쳤다. 두 사람이 달려들자 정태가 몽둥이를 이리저리 휘두르며 맞섰다.

"히로세, 이건 반칙이야!"

"반칙? 너희가 먼저 반칙을 했잖아. 조용히 찌그러져 시키는 일 이나 할 것이지 겁도 없이 어딜 자꾸 기웃거려?"

히로세가 등을 오므렸다 폈다 하면서 정태 쪽으로 다가갔다.

"이미 사장님이 허락한 거잖아."

"그러게. 조선인에게도 자비를 베푼 우리 삼촌은 이 땅에서 더 존경받겠지만, 내가 자존심이 상해서 참을 수가 없단 말이야. 빵 이 뭔지도 모르는 것들이 우리 빵을 흉내 내려고?"

"왜 빵이 너희 일본인들 거라고 생각하지? 너희도 어디선가 배 운 거잖아. 누구나 빵을 만들 자유가 있어!"

정태가 목소리를 높였다. 단이는 정태가 히로세 앞에서 이렇게 큰소리를 내는 모습은 처음 보았다.

"자유? 너희 조선인에게 자유가 어딨어? 조선은 우리 속국이야. 우리가 하지 말라면 하지 말아야지."

"난 빵을 만들 거야. 모야제과점 빵보다도 더 맛있는 빵을 꼭 만들 거라고!"

"누구 맘대로!"

히로세가 느닷없이 정태에게 달려들었다. 정태가 뒤로 나가떨어졌다. 히로세가 정태의 가슴을 발로 눌렀다. 정태가 캑캑 숨을 내쉬었다.

"정태야!"

단이가 달려들어 히로세를 밀쳤다. 그 틈에 정태가 일어나 히로세에게 달려들었다. 순식간에 둘이 엉켜 뒹굴었다. 단이는 발만 동동 굴렀다. 겁에 질린 단이와 달리 곁에 선 수습생들은 그저 바라보고만 있었다. 정태는 히로세에 비해 몸집이 작은데도 싸움에서 밀리지 않았다. 말리지 않으면 밤새도록 싸울 기세였다.

"좀 말려 봐요!"

단이가 수습생들에게 소리쳤지만 그들은 피식 웃을 뿐이었다. 결국 히로세가 이길 거라고 생각하는지 싸움을 즐기는 표정이었다.

어느 순간 히로세가 칼을 휘둘렀다. 정태가 흠칫 놀라 뒤로 물러서다 넘어져 버렸다. 히로세가 정태에게 달려들었다.

"으악!"

정태가 비명을 질렀다. 그제야 히로세가 정태에게서 떨어졌다. 단이는 얼른 정태에게 달려갔다. 정태가 오른쪽 팔을 움켜쥐고 신음했다.

"히로세, 이 비겁한 놈."

단이는 벌떡 일어나 히로세에게 달려들어 얼굴을 할퀴었다. 히로세가 밀치는 바람에 단이는 낙엽처럼 떨어져 담벼락에 머리를 찧고 말았다. 단이는 일어서려다 픽 주저앉았다.

"단아!"

정태가 비틀거리며 단이에게 왔다. 오른쪽 옷소매가 피로 흥건하게 젖어 있었다.

"분수도 모르고 날뛰면 후회하게 될 거라고 했잖아. 경연장에 나타나면 그땐 정말 죽을 줄 알아!"

"그만하면 알아들었겠지, 흐흐."

히로세와 두 놈이 건들거리며 돌아섰다.

"너야말로 이런 짓을 하고도 무사할 줄 알아? 우린 절대 이대로 물러서지 않아!"

단이가 히로세를 향해 있는 힘을 다해 고함을 질렀다.

히로세 무리가 사라지자, 단이는 얼른 정태를 부축해 일어났다.

"윽."

"어떡해. 많이 다친 것 같은데, 우선 이걸로 묶고 병원에 가자."

단이가 손수건을 꺼내 정태의 팔을 꽉 묶었다.

"집으로 갈게."

"이대로 어떻게 집으로 가? 피가 계속 나고 있잖아."

"윽, 피만 멈추면 괜찮아지겠지. 내일 약방 가서 약 사 먹을게."

"너도 꼭 우리 엄마처럼 바보구나. 아파 죽겠는데 병원부터 가야지 왜 고집을 부려. 여긴 뭐 하러 와 가지고!"

단이는 화가 나서 눈물이 났다. 자기 때문에 정태가 다쳤다고 생각하니 속상하고 미안했다.

"경연이 코앞이라 긴장도 되고, 널 보면 좀 나아질까 싶어서 왔는데……."

'하긴 정태가 안 왔더라면 어떻게 됐을까.'

단이는 다시 몸이 오싹해졌다. 정태 덕분에 자신은 무사했지만, 정태가 팔을 다쳤으니 다행이라고 할 수도 없었다.

"가자, 병원으로."

"괜찮다니까."

"염병할! 뭐가 괜찮아? 안 괜찮잖아!"

단이는 엉엉 울어 버렸다. 다쳤는데도 돈 때문에 병원에 가는 것마저 망설여야 하는 가난한 현실이 원망스러웠다. 열심히 사는데도 왜 늘 현실은 이렇게 구질구질하기만 한지 화가 나서 미칠 것 같았다.

"그럼 우리 집으로 가자."

"안 돼. 아주머니 놀라실 거야. 그냥 집으로 갈게."

단이는 고집불통인 정태를 흘겨보았다. 그때 정태 뒤로 높다랗게 솟은 십자가가 눈에 들어왔다.

"아, 거기! 윌리엄 선교사님한테 가면 도와주실 거야. 거기로 가 보자."

"난 그분 잘 알지도 못하는데?"

"괜찮아, 선교사님한테 네 얘기 해서 알고 계셔. 너 한번 보고 싶다고 하셨어. 여기서 멀지 않으니까 어서 가자."

단이는 정태를 부축해 선교사 사택으로 갔다.


"오 마이 갓!"

윌리엄 부부는 피투성이 정태를 보고 눈이 휘둥그레졌다. 서둘러 정태를 의자에 앉힌 뒤, 윗옷을 벗겼다.

"이런, 어쩌다가!"

옷을 벗기고 밝은 데서 보니 상처가 생각보다 깊었다.

"칼에 찔렸어요, 히로세한테."

단이는 상황 설명을 했다. 윌리엄도 알아들은 것 같았다. 소독을 마치고 붕대로 싸맸지만 피가 좀처럼 멎지 않았다.

"여보, 가서 미카엘을 불러와요."

윌리엄 부인이 재빨리 밖으로 나갔다.

"왜요? 선교사님이 못 고쳐요?"

단이가 울상이 되어 물었다. 윌리엄은 뭐든 다 고쳐 줄 것만 같았는데, 단이는 불안한 마음이 커졌다.

"내가 이쪽은 잘 알지 못하지만 상처를 꿰매야 할 것 같아. 미카엘이 의과 출신이니 걱정하지 말고 조금만 기다려 봐요."

잠시 후, 윌리엄 부인이 미카엘 선교사와 함께 들어왔다. 미카엘이 상처를 이리저리 살펴보았다.

"다행히 동맥이 끊어진 건 아니에요. 바로 옆으로 아슬아슬하게 비켜 갔어요. 어서 꿰매야겠어요. 마취약이 없어 아플 텐데 참을 수 있겠어요?"

정태가 잔뜩 겁먹은 얼굴로 단이를 쳐다보았다. 단이가 고개를 끄덕이자 정태도 고개를 끄덕였다.

미카엘이 수건을 정태의 입에 물렸다. 그리고 사람 살을 바늘로 꿰매는 기이한 광경이 펼쳐졌다. 정태가 수건을 문 채 괴기스러운 소리를 냈다. 시간이 오래 걸리지는 않았지만 생살을 꿰매는 걸 지켜보며 단이는 현기증이 났다. 정태는 땀범벅이 되었다. 윌리엄이 정태를 짠한 눈으로 바라보며 '오, 주여'를 주문처럼 되뇌었다.

"다 됐어요. 상처가 아물려면 시간이 꽤 걸릴 거예요. 한동안은 팔을 움직이면 안 돼요. 꿰맨 곳이 터질지 몰라요. 상처가 덧날 수 있으니 이 약 먹고 소독을 잘해야 해요."

"팔을 못 쓰면 경연에는……."

단이가 눈물이 그렁한 눈으로 웅얼거리자 미카엘이 윌리엄을 쳐다보았다. 윌리엄이 영어로 뭐라고 하자 미카엘이 양쪽 어깨를 으쓱했다.

단이는 미카엘을 배웅하는 윌리엄을 따라 밖으로 나왔다. 멀어지는 미카엘 등에 대고 몇 번이고 고개를 숙여 인사했다.

· 미안해, 정태야

○

다음 날, 단이는 미우라 사장을 찾아가 히로세가 한 짓을 알렸다. 그런데 사장은 이미 알고 있는 표정이었다. 히로세가 미리 자백한 모양이었다. 그렇다면 말하기가 훨씬 수월할 것 같았다.

"김정태는 히로세의 칼에 찔려 치료받고 있습니다. 그래서 이번 경연에 참가하지 못합니다."

단이는 격해지는 감정을 가라앉히려고 애썼다. 빵에 대한 진정을 알아주어 경연의 기회를 준 미우라 사장이기에 이번에도 현명하게 판단할 것이라고 믿었다. 그런데 히로세가 정태를 칼로 찔렀다는 말을 듣고도 사장은 놀라는 기색이 아니었다.

"그래서요?"

"네?"

단이가 예상한 분위기와 다르게 흘러가 당황했지만 이내 마음을 가다듬었다.

"히로세에게 합당한 처벌을 내려 주십시오. 경연 참가자로서 히로세는 이 대회의 품격을 심각하게 훼손했습니다. 제빵사가 되고자 하는 사람의 자세가 아니라고 생각합니다. 히로세는 참가 자격이 없습니다."

단이는 또박또박 자신의 주장을 펼쳤다.

"히로세가 아무 이유 없이 그랬을까?"

미우라 사장이 눈빛을 날카롭게 빛내면서 단이를 쳐다보았다.

"그게 무슨 말씀이세요?"

"히로세에게 사건 경위에 대해 보고받았소. 정태가 우리 모야 제과점 단팥빵 기술을 알아내려고 빵 공장을 염탐하는 것을 여러 번 목격하게 되었고, 경고 차원에서 혼을 내려고 했는데, 정태가 먼저 몽둥이를 휘두르며 공격했다고 하더군. 강단 양의 말대로 제빵사가 되고자 경연에 참가하는 사람이 양심도 없이 남의 기업 비밀을 훔치려 한 건 자격 박탈감이오. 그래서 나는 정태 군의 참가 자격을 박탈합니다. 종업원 자격도 물론이고."

"아니에요. 사실이 아닙니다. 히로세가 거짓말을 한 거예요."

단이는 어이가 없었다.

"볼일 끝났으면 나가 주시오."

"사장님! 잘못 아셨어요. 정태는 그런 아이가 아니에요."

사장은 단이 말을 더 들으려고 하지 않았다. 단이는 물러 나올 수밖에 없었다. 억울해서 눈물이 났다. 정태가 얼마나 원하던 기회인데, 팔을 다친 것도 억울한데 경연 참가 자격까지 박탈당하다니. 그것도 불명예를 안은 채.

"뭐래?"

귀남이 재빨리 다가와 물었다. 아침에 단이에게 정태 소식을 듣고는 눈시울을 붉힌 귀남이었다. 단이가 힘없이 고개를 저었다. 귀남은 그럴 줄 알았다는 듯 대꾸가 없었다.

"휴, 나도 그만둬 버릴까?"

단이는 정태가 자기를 지켜 주려다 다쳤는데, 혼자 경연에 나가려니 염치없고 괴로웠다.

"저들이 바라는 게 바로 그거야. 스스로 포기하게 만드는 거. 속 모르는 사람들은 조선 사람은 기회를 줘도 못 한다고 말하면서 비웃겠지. 그리고 네가 포기하면 정태는 뭐가 돼?"

귀남이 마치 어른처럼 조곤조곤 타이르며 단이를 말렸다. 듣고 보니 맞는 말이었다. 정태의 불명예를 벗겨 주기 위해서라도 포기하면 안 되는 일이었다.


드디어 경연대회의 막이 올랐다. 개회 선언과 함께 떠들썩한 공연이 끝나고 참가자를 소개하는 순서가 되었다. 열렬히 박수를 받는 다른 참가자들과 달리 단이가 소개될 때는 박수는커녕 뜨

악한 눈빛만 돌아왔다. 일본인들이 야유를 보내자 미우라 사장이 말리는 척하면서 말했다.

"여러분, 우리는 대일본제국의 신민입니다. 문명국으로서 속국이 된 조선인을 가르쳐서 함께 이끌고 가야 하지 않겠습니까. 그런 의미에서 저는 이번에 조선인에게도 기회의 문을 열어 주었습니다. 안타깝게 한 사람은 불미스러운 일로 중도 탈락했지만, 이소녀는 여자 제빵사가 되겠노라 야심 차게 나섰습니다. 용기가 대단하지 않습니까? 어디 한번 지켜봅시다."

사장의 말이 끝나자 심사 위원장인 공사관 관리가 일어나 박수를 쳤다. 그러자 조금 전까지 야유를 보내던 사람들이 관리를 따라 박수를 치기 시작했다.

'흥, 언제까지 그 가면을 쓰고 있는지 보겠어.'

단이는 속으로 이를 갈았다.

각자 준비해 온 반죽과 도구를 챙겨 들고 정해진 화덕으로 가라는 방송이 나왔다. 참가자들은 정해진 공간에서 빵을 구워 시간 안에 제출해야 한다. 둥그렇게 배치된 경연장에는 임시 막사처럼 생긴 공간 15개가 마련되었다. 공간마다 참가자 이름이 적혀 있었다. 저마다 자기 이름이 적힌 곳을 찾아갔다. 단이도 '강단'이라 적힌 자리를 찾아갔다. 여자는 단이뿐이었다. 단이는 조심스럽게 짐을 풀었다. 희망을 부르는 빵, 캉파뉴를 만들기 위한 준비는 끝났다.

경연장 한가운데 자리한 심사 위원석에는 미우라 사장과 공사관 관리, 제빵사가 앉아 있었다. 제빵사는 단이가 모야제과점에서 경연 이야기를 듣던 날 물이 튀었다고 짜증을 낸 남자였다. 단이 자리에서 네 자리 건너 히로세가 보였다. 히로세는 응원하러 나온 사람들에게 손을 흔들어 댔다. 마치 제가 1등이라도 한 양 거들먹거리는 모양이 눈에 거슬렸다.

'나쁜 놈.'

단이는 히로세를 보자 욕이 절로 나왔다.

'빵을 만들 땐 좋은 마음으로 만들어야 해요.'

순간 윌리엄의 말이 귓전을 울렸다. 단이는 얼른 마음을 추슬렀다.

'정태야, 미안해. 내가 네 몫까지 다 해낼게.'

발효가 잘된 반죽이 젖은 행주로 덮여 있었다. 그동안 여러 번 연습해서 밀가루와 물의 양을 맞추는 것은 자신 있다. 먹음직스럽게 갈색이 도는 빵을 만들어 내는 불의 세기도 익혔다. 단이는 서두르지 않고 연습한 대로 차분하게 캉파뉴를 구워 냈다.

경연장 여기저기서 빵 냄새가 피어오르기 시작했다. 단이의 화덕에서도 고소한 빵 냄새가 피어올랐다.

"음, 됐어."

냄새로 보아 빵은 아주 잘 구워진 것 같았다. 본부석에서 안내 방송이 흘러나왔다.

"빵을 다 구운 참가자는 심사 위원석으로 와서 제출해 주시기 바랍니다."

방송이 나오기가 무섭게 히로세가 제일 먼저 심사 위원석으로 걸어갔다. 이어서 다른 참가자들도 하나둘 심사 위원석으로 향했다. 단이도 잘 구워진 캉파뉴를 쟁반에 받쳐 들고 갔다. 심사하느라 뜯어 먹고 남은 빵들이 탁자에 어수선하게 놓여 있었다.

"참가 번호 5번, 강단입니다."

단이는 캉파뉴를 심사 위원장인 공사관 관리 앞에 조심스럽게 놓았다. 그가 놀란 눈으로 단이를 쳐다보았다. 다른 참가자들은 미우라 사장 앞에 빵을 놓았기 때문이다.

"이 빵은 이름이 뭡니까?"

"희망을 부르는 빵, 캉파뉴입니다."

"희망을 부르는 빵?"

공사관 관리가 빵을 뜯어 입안에 넣고 천천히 씹으며 맛을 보았다.

"단맛이 전혀 없는데…… 맛은 있네요."

"이 빵은 밀가루, 물, 소금 외에는 아무것도 넣지 않았습니다. 먼 나라에서는 아주 오랜 옛날부터 밥 대신 이 빵을 먹어 왔다고 합니다. 숱한 배고픔 속에서도 이 빵이 있었기에 살아남았지요. 그래서 저는 '희망을 부르는 빵'이라고 이름 붙였습니다."

미우라 사장이 단이의 설명을 유심히 듣더니 물었다.

"발효는 어떻게 시켰습니까?"

"하루 동안 자연 발효시켰습니다."

사장이 빵을 조금 떼어 먹어 보더니 고개를 끄덕였다. 심사 위원들이 계속 씹어 먹으며 눈빛을 주고받았다. 고개를 갸웃거리기도 했다가 끄덕거리기도 했다가 몇 번을 서로 쳐다보았다.

단이는 자리로 돌아와 짐을 정리했다. 잠시 후면 예선 결과를 발표할 것이다. 참가자들은 가슴을 졸이며 결과를 기다렸다. 참가자 대부분은 낯이 익었다. 모야제과점 수습생이 많았다. 나머지는 다른 제과점 수습생일 터였다.

다들 초조하게 결과를 기다리고 있는데, 히로세는 구경 온 사람들과 큰 소리로 웃으며 여유롭게 이야기를 나누었다.

'흥, 혼자만 여유 만만하군. 믿는 구석이라도 있나 보지.'

기다리는 시간이 길어짐에 따라 단이는 초조해졌다. 손에서 땀이 났다.

'떨어지면 다음에 또 도전하면 되지, 뭐.'

마음을 느긋하게 가지려 해도 뜻대로 되지 않았다.

'아니야, 꼭 붙어야 해. 정태가 저렇게 된 마당에 나까지 떨어지면 안 돼.'

그때였다. 삐빅, 마이크 잡음이 울리더니 진행자의 목소리가 나왔다.

"많이 기다리셨습니다. 드디어 제빵 경연대회 예선 결과가 나왔습니다. 본선에 진출할 두 명은 참가 번호 1번 히로세, 참가 번호 5번 강단!"

단이는 자리에서 벌떡 일어섰다.

'정태야, 됐어!'

눈물이 주르륵 흘렀다. 구경 온 사람들이 웅성거렸다.

"여러분, 축하해 주십시오. 그리고 두 분은 심사 위원석으로 오시기 바랍니다."

단이는 단숨에 심사 위원석으로 뛰어갔다. 히로세는 단이와 함께 뽑혔다는 것이 불만스러운지 인상을 구기고 있었다.

진행자의 목소리가 이어졌다.

"일주일 후에 이곳에서 본선이 치러질 예정입니다. 여러분, 본선 경연도 많은 관심 부탁드립니다. 예선과 마찬가지로 경연에 필요한 재료는 모두 모야제과점에서 지원합니다. 예선에서는 참가자들이 가장 자신 있는 빵을 선보였다면, 본선에서는 빵의 새로움에 무게를 두고 심사할 예정입니다. 새로운 조리법으로 자기만의 빵을 만들어 낼 미래의 제빵사 후보 두 분에게 뜨거운 박수 부탁드립니다. 그리고 이미 약속한 대로 최종 우승자는 모야제과점의 정식 제빵사로 일하게 되거나, 개업을 원할 경우 필요한 비용의 일부를 지원할 예정입니다. 그럼 우리의 입을 즐겁게 해 줄 새로운 빵의 탄생을 기대하면서 오늘 경연을 마치겠습니다."

그때 누군가 고함을 쳤다.

"여자 제빵사가 웬 말이냐. 여자 참가자의 출전을 반대한다. 히로세는 조선인 여자와 겨루지 마라!"

히로세의 얼굴이 굳어졌다. 불편한 기색이 역력했다. 불편하기는 단이도 마찬가지였다. 정정당당하게 얻은 기회인데 아무도 축하해 주는 사람이 없었다.

히로세는 당연히 자신이 본선에 진출할 것이라 예상했지만, 함께 경쟁할 상대가 강단이 되리라고는 생각하지 않았다. 모야제과점 최고 수습생인 자신이 어떻게 조선인 계집애와 겨룰 수가 있단 말인가. 생각할수록 불쾌하기 짝이 없었다. 강단을 골목에서 기다렸던 것도 겁을 줘서 스스로 포기하게 만들 계획이었는데, 정태가 끼어드는 바람에 일이 복잡하게 되고 말았다. 다행히 발빠르게 손을 써서 정태 문제는 별 탈 없이 마무리되었지만, 그 또한 자존심 상하는 일이었다. 히로세는 본선에서 우승한다 해도 하나도 명예롭지 않을 것 같아 화가 났다.

'도대체 삼촌은 무슨 생각으로 강단을 뽑은 거야.'

히로세는 삼촌의 의중을 알 수 없어 답답했다.

세상에서 가장 배부른 빵

○

단이는 이 기쁜 소식을 정태에게 먼저 전할까, 윌리엄에게 먼저 전할까 고민하다 정태에게 먼저 가기로 마음먹었다. 두 사람 모두 진심으로 축하해 주겠지만, 정태에겐 고마운 마음에다 미안한 마음이 커 먼저 소식을 전하는 게 맞는 것 같았다.

정태는 팔에 붕대를 칭칭 감은 채 마당에서 서성이고 있었다. 단이를 기다리고 있는 눈치였다.

"정태야!"

"너 해냈구나?"

단이 표정을 보고 알아챘는지 정태가 환하게 웃었다.

"미안해, 정태야. 나만 경연에……."

"그런 소리 하지 마. 내가 나갔다 해도 네가 뽑혔을 거야. 솔직히 난 실력으로는 너나 히로세만 못해. 그러니까 네가 본선에서 꼭 히로세를 이겨야 해."

"고마워."

정태의 격려에 단이는 눈물이 핑 돌았다.

"너 나한테 감동했구나. 그럼 앞으로 이 오빠한테 잘해. 함부로 오빠 등짝이나 찰싹찰싹 때리지 말고."

"뭐? 오빠?"

단이는 도망치는 정태를 쫓아가 등을 찰싹 때렸다.

"아이고, 손이 얼마나 매운지 팔까지 욱신거리네."

정태가 붕대 감은 팔을 움켜쥐고 엄살을 떨었다. 단이는 정태가 귀여워 웃음이 나왔다. 정태는 아이 같은 천진함이 있는가 하면 강한 성격도 갖고 있었다. 단이는 정태를 처음 본 그날이 떠올라 웃음이 났다.

단이는 엄마를 따라 이 도시에 와서 임시로 살던 동네에서 정태를 처음 보았다. 엄마는 면화 공장에 품팔이를 가고, 단이 혼자 집에 남아 시간을 보냈다. 폭풍우가 치던 어느 날이었다. 낮인데도 하늘이 어두컴컴했다. 문짝이 덜컹거리고 천장에선 빗물이 뚝뚝 떨어졌다. 샘가에서 대야가 굴러다니는지 소리가 요란했다. 엄마가 올 시간은 아직 멀었고, 단이는 무서워 떨고 있었다.

그때 밖에서 고함 소리가 바람에 섞여 들려왔다.

"엄마, 지붕 날아가요!"

바람 소리 때문인지 그 소리는 메아리처럼 들렸다. 뒤이어 사람들의 웅성거리는 소리도 났다. 단이는 무슨 일인지 궁금해 찢어진 창호지 구멍으로 밖을 내다보았다. 이리저리 살피던 단이 눈에 이상한 광경이 들어왔다. 아랫집 지붕 위에 웬 아이가 엎드려 있었다. 아이는 지붕 위를 기어 다니며 펄럭거리는 이엉 자락을 제 몸으로 덮어 누르면서 소리를 질러 댔다. 어른들이 내려오라고 소리쳤지만 아이는 지붕에 달라붙은 채 꿈쩍하지 않았다.

시간이 얼마나 흘렀을까. 아이 엄마가 소식을 듣고 달려왔는지 아이를 부르며 발을 동동 굴렀다.

"정태야, 빨리 내려와. 위험해!"

아이는 엄마를 보자 그제야 무서웠는지 울음을 터뜨렸다. 잘못하면 지붕보다 그 아이가 먼저 바람에 날아갈 것 같았다. 보다 못한 마을 아저씨가 엉금엉금 지붕으로 올라가 아이를 데리고 내려왔다. 그날 이후, 단이는 집에 혼자 있어도 왠지 무섭지 않았다.

그날 바닷가 언덕 위에 자리한 그 동네는 폭격을 맞은 듯 참혹했다. 집집마다 지붕이 거의 다 날아갔는데 그 집 지붕만 무사했다. 인정사정없는 비바람도 양심은 있었던지 어린아이한테까지 심술을 부릴 수는 없었던 모양이다. 얼마 뒤 지금의 집으로 이사하고 학교에 입학했을 때, 단이는 교실에서 그 아이를 다시 보았다. 정태는 지금도 단이를 학교에서 처음 만났다고 알고 있다. 이 이야기는 단이만 아는 비밀이다.

"홋."

"뭐야? 그 이상한 웃음은?"

"넌 몰라도 돼. 나 선교사님한테 간다. 많이 기다리실 거야."

"선교사님 댁에 안 들르고 바로 이리로 온 거야?"

"응."

또 감동했는지 정태가 멍하게 단이를 바라보았다. 단이는 정태의 머리를 흐트러뜨리고는 도망치듯 나왔다.


윌리엄은 진심으로 단이를 축하해 주었다.

"잘했어요. 해낼 줄 알았어요."

"다 선교사님 덕분이에요. 선교사님이 아니었으면 꿈도 못 꿀 일이에요."

"아니에요. 강단과 정태는 이미 대단한 용기를 낸 거예요. 거기에 나는 조그마한 도움을 주었을 뿐이죠. 조선의 소년 소녀들이 강단과 정태처럼 용기를 내주면 좋겠어요. 본선에서 꼭 우승하길 바랄게요."

"그런데 걱정이에요. 본선에선 새로운 빵에 점수를 높게 준대요. 지금까지 없었던 조리법과 새로운 맛이 필요해요."

"반죽하고 굽는 건 다 배웠으니 좋은 아이디어만 내면 되겠네. 강단은 머리 좋으니까 잘할 거예요."

"선교사님을 알게 된 게 저에겐 정말 큰 힘이고 행운이에요."

"하하, 울보 소녀가 이렇게 강단 있는 줄 미처 몰랐어요."

단이는 느꺼운 마음에 하늘을 올려다보았다. 유난히 큰 보름달이 떠 있었다. 그런데 달이 좀 이상했다. 휘영청 밝아야 할 달이 붉은빛을 가득 머금어 무거워 보였다. 저런 달빛은 처음 보았다.

"선교사님, 오늘 보름달이 이상해요. 붉은 달이에요."

달을 쳐다보던 윌리엄이 읊조리듯 말했다.

"와, 블러드문이네!"

"그게 뭔데요?"

"아, 블러드문은 월식이 일어날 때 나타나는 현상이에요. 달이 지구 그림자에 가려져 지구 뒤의 태양 빛이 반사되어 붉게 보이는 거예요. 하지만 곧 지구 그림자에서 벗어날 거예요. 그러면 막 세수한 것처럼 더 맑고 환한 달이 되지요."

단이는 윌리엄의 말이 어려워 다 이해할 수는 없었지만, 이 순간이 지나면 더욱 환한 달로 나타날 거라는 말에 마음이 끌렸다.

"달도 수난을 당하는 때가 있군요. 달은 맘대로 작아졌다 커졌다 하니까 자유로워서 좋겠다고 생각했는데."

"달도 수난을 당한다, 그 말 재미있네요. 어쩌면 지금 조선이 저 블러드문 상태인지도 모르죠. 강단과 정태도 마찬가지고. 그러나 걱정하지 말아요. 블러드문은 곧 지구 그림자에서 벗어나게 되어 있으니까. 그게 순리니까. 그림자에서 벗어나면 다시 본래의 모습을 찾고 더 환하게 빛날 테니까."

윌리엄이 단이 어깨를 꼭 잡아 주었다. 단이는 윌리엄 곁에서 붉은 달을 찬찬히 바라보았다. 얼마나 지났을까. 붉은 달이 서서히 그림자를 벗어나기 시작했다. 나비가 허물을 벗고 날아오르듯 달은 핏빛 옷을 벗고 휘영청 본래의 모습을 되찾았다. 수천만 갈래의 달빛이 세상 구석구석으로 파고들었다. 풀잎 위에도 사택 울타리에도 달빛이 강물처럼 출렁였다.

엄마도 단이의 경연 결과를 듣고 뛸 듯이 좋아했다.

"아무렴, 누구 딸인데? 이 어미 닮아서 음식 솜씨를 타고났어."

"엄마는 참, 빵 만드는 게 무슨 타고난 솜씨야?"

단이가 엄마에게 곱게 눈을 흘겼다.

"빵도 음식인데, 다 맛을 재는 깜냥이 있으니까 가능한 거지. 그건 타고나는 거야."

"아휴, 알았어요. 누가 엄마를 이겨. 근데 본선에선 어떤 빵을 만들어야 할지 고민이야."

"내가 누누이 얘기하잖아. 사람은 배부르고 등 따스운 게 제일이라고. 세상에서 제일 배부른 빵을 만들어 봐!"

'세상에서 제일 배부른 빵?'

순간 섬광 같은 생각이 뇌리를 스쳤다.

"맞아. 블러드문과 배부른 빵, 이 두 가지를 합쳐서 세상에서 가장 배부른 빵을 만드는 거야. 어때, 엄마?"

"뭔 소린지 몰라도 내 딸 최고다!"

엄마가 손뼉을 치면서 맞장구를 쳤다.

"내일 선교사님 찾아가서 의논하고 어떻게 만들지 도움을 받아야겠어."

단이는 다음 날 퇴근하자마자 선교사 사택으로 달려갔다.

"선교사님, 블러드문을 닮은 빵을 만들고 싶어요. 그 의미가 너무 좋아요. 둥그런 보름달 모양에 입맛을 당기는 붉은색을 내고, 아무리 먹어도 질리지 않는 맛! 이름하여 세상에서 가장 배부른 빵, 어때요?"

"브라보! 역시 강단은 하나를 가르치면 열을 알아요, 하하하. 세상에서 가장 배부른 빵! 흠, 아주 좋아요. 그렇게 한번 만들어 봐요."

단이는 가슴이 두근거렸다.

본선 준비를 하는 동안에도 윌리엄의 화덕을 쓰기로 했다. 세상에서 가장 배부른 빵을 선보이려면 재료와 조리법이 남달라야 한다. 붉은빛은 무엇으로 만들어 낼까. 크기는 어느 정도가 좋을까. 무슨 맛을 내야 할까. 시간이 어떻게 가는지 모르게 일주일이 훌쩍 흘렀다.


드디어 본선 경연 날이 되었다. 예상한 대로 구경꾼은 예선 때보다 더 많았다.

단이와 히로세는 나란히 서서 심사 위원들에게 주의 사항을 들었다.

"주어진 시간은 3시간입니다. 3시간 안에 빵을 완성하여 제출하면 됩니다. 시간 안에 제출하지 못하면 자동 탈락입니다. 자, 그럼 각자 자리로 가서 시작하세요."

심사 위원장인 공사관 관리가 삑 호루라기를 부는 것을 신호로 경연이 시작되었다.

단이는 준비해 온 반죽과 도구를 확인했다. 자연 발효시킨 반죽은 잘 부풀어 있었다. 결명자 우린 물로 반죽을 해서 은은하게 붉은빛이 났다. 보름달 모양을 만들기 위해 큼지막한 대접도 챙겨 왔다.

단이는 널따란 도마 위에 밀가루를 뿌리고 반죽을 크게 한 움큼 떼어 살살 굴렸다. 공처럼 동그래진 반죽을 손바닥으로 살살 눌러 둥글넓적하게 만들었다. 두툼하게 펴진 반죽을 대접으로 꾹 눌러 보름달을 만들었다. 이대로 두면 2차 발효가 된다.

단이는 반죽이 발효되는 동안 화덕에 불을 피울 준비를 했다. 밑불을 만들기 위해 마른 솔잎을 넣고 풀무질을 했다. 풀무가 녹이 슬었는지 뻑뻑해서 힘껏 돌렸다. 그런데 너무 세게 돌렸는지 불티가 후루룩 날아오르더니 재가 되어 떨어져 내렸다. 발효시키고 있는 반죽에도 꺼뭇꺼뭇 내려앉아 버렸다.

'이를 어째! 덮어 두는 걸 깜빡해 버렸어.'

단이는 손가락으로 살살 집어 떼어 내려 했지만 오히려 반죽에 더 달라붙어 버렸다. 단이는 머릿속이 하얘졌다. 이 반죽으로는 빵을 만들 수가 없었다. 결선에서 이런 실수를 하다니 단이는 안절부절못했다.

'어떡하지? 다시 만들면 시간이 빠듯할 텐데.'

단이는 입술을 잘근잘근 깨물면서 히로세 쪽을 바라보았다. 히로세는 여유롭게 움직이고 있었다.

'강단, 차분하게 생각해 봐.'

단이는 눈을 감고 마음을 가라앉혔다. 이럴 때 윌리엄이라면 어떻게 할까 생각했다. 단이는 다시 만들기로 했다. 반죽 통을 보니 다행히 남은 반죽으로 만들 수 있을 것 같았다. 넉넉하게 해 오기를 잘했다 싶었다.

단이는 손을 재게 놀렸다. 이미 시간을 꽤 흘려 버렸으니 마음이 급했다. 반죽을 치대고 대접으로 눌러 보름달 모양을 만들었다. 2차 발효를 시키는 동안 행주를 덮어 두었다.

'늦지 않게, 잘 발효되어라.'

단이는 반죽을 애절한 눈빛으로 바라보았다. 엎드려 절이라도 하고 싶었다.

'빵을 만드는 일은 기다림의 공부야.'

윌리엄의 말이 귓가에 울리는 것 같았다. 기다리는 수밖에 다른 방법이 없었다.

'잘될 거야. 강단, 당황하지 말고 차분하게!'

화덕의 불은 잘 피어올라 불의 세기는 아주 좋았다. 주변이 훈훈했다. 이 훈훈함으로 발효가 더 잘 진행될 수 있을 것 같았다.

얼마나 시간이 흘렀을까. 단이는 조심스럽게 행주를 걷었다. 다행히 반죽은 예상한 만큼 부풀어 있었다. 단이는 안도의 한숨을 내쉬고 모양이 흐트러지지 않게 조심해서 반죽을 화덕에 넣었다.

"예쁜 모습으로 만나자."

단이는 친구에게 말하듯 속삭였다. 이제 한 시간 정도 남아 있었다. 갑자기 구경꾼들이 술렁였다. 히로세가 빵을 들고 심사 위원석으로 가고 있었다.

'어, 벌써 다 했다고? 어떤 빵을 만들었기에 저렇게 빨리 완성했을까.'

히로세를 응원하러 온 구경꾼들이 함성을 질렀다. 그러자 히로세가 빵이 든 접시를 한 손에 든 채 다른 한 손을 구경꾼들을 향해 흔들어 보이는 여유까지 부렸다. 히로세는 심사 위원들에게 넙죽 고개를 숙인 뒤 빵 접시를 내밀었다. 멀지 않은 거리여서 히로세의 화려한 빵이 단이의 눈에 들어왔다. 심사 위원들이 놀란 표정을 지었다. 빵을 뜯어 맛을 보면서 고개를 끄덕였다. 그러고는 히로세와 한참 동안 이야기를 나누었다. 좋은 평가를 받았는지 히로세가 허리를 깊이 숙여 인사했다.

단이는 초조해지기 시작했다. 빵이 제대로 구워지려면 아직 더 기다려야 한다. 주어진 시간 안에는 완성하겠지만 마음이 불안했다. 또 갑자기 어떤 상황이 벌어질지 알 수 없으니 온 신경을 집중해야 한다.

히로세의 심사가 끝나자 심사 위원들이 단이 쪽을 바라보았다. 단이는 애써 시선을 외면한 채 화덕만 애타게 바라보았다.

'맛있는 빵을 만드는 첫 번째는 반죽이고, 두 번째는 화덕의 온도예요.'

불현듯 윌리엄의 말이 떠올랐다. 단이는 불의 세기를 다시 한번 살폈다. 잠시 후, 고소한 빵 냄새가 나기 시작했다. 냄새로 보아 빵은 잘 구워지고 있는 것 같았다. 단이는 속으로 하나, 둘, 셋…… 스물까지 세고 빵을 꺼내기로 했다. 붉은색을 제대로 내려면 너무 구우면 안 된다. 단이는 숨을 크게 한 번 내쉬고 빵을 꺼냈다. 커다랗고 붉은 블러드문이 둥실 떠 있었다.

"오, 성공이야!"

단이는 냄새를 깊이 들이마셨다. 고소한 빵 냄새가 몸속 깊숙이 녹아들며 기분을 아주 좋게 했다. 입안에 침이 고였다.

단이는 빵을 접시에 담아 서둘러 심사 위원석으로 갔다. 미우라 사장, 공사관 관리, 젊은 제빵사가 지친 듯한 모습으로 기다리고 있었다. 단이는 탁자 위에 빵 접시를 내려놓았다. 심사 위원들은 빵을 한 번 쳐다보더니 별다른 반응을 보이지 않았다.

"간신히 시간 안에 마쳤군."

제빵사가 자신의 회중시계를 들여다보며 미간을 찌푸렸다. 탁자 한쪽에 먹다 남은 히로세의 빵이 놓여 있었다. 앙증맞은 크기에 설탕을 녹여 발랐는지 표면에 윤기가 반지르르했다. 히로세의 빵에 비해 단이의 빵은 전혀 화려하지 않았다. 아니 초라해 보일 정도로 크고 투박했다.

단이는 심사 위원들의 시식이 끝나면 빵에 대해 설명하려고 기다렸다. 그런데 누구 하나 선뜻 빵에 손을 대지 않았다. 이미 히로세의 빵을 충분히 맛본 뒤라 당기지 않는 모양이었다. 맛을 봐야 품평을 할 수 있으니 먹기는 먹어야겠고, 곤혹스러운 표정으로 서로 눈치만 봤다. 제빵사가 먼저 빵을 조금 떼어 입에 넣었다. 몇 번 씹어 먹던 제빵사가 놀란 표정으로 공사관 관리를 쳐다보았다. 그러자 공사관 관리가 빵을 떼어 입에 넣었다. 한참을 씹던 그도 역시 놀라는 표정이었다. 어리둥절한 표정으로 지켜보던 미우라 사장도 맛을 보았다. 세 사람은 믿을 수 없다는 듯 한 번씩 더 먹어 보고 나서야 단이에게 눈길을 보냈다.

"이 빵에 대해 설명해 보세요."

공사관 관리가 물었다.

"이 빵은 '세상에서 가장 배부른 빵'입니다. 보시는 것처럼 다른 빵보다 커서 둘이 나눠 먹어도 충분합니다. 저희 어머니 말씀이 세상에서 제일 중요한 건 '등 따습고 배부른 것'이라고 합니다. 어려서는 그 말이 이해되지 않았지만 이젠 알겠습니다. 사람은 두 가지가 있어야 행복할 수 있습니다. 하나는 배부르게 먹는 것이고, 또 하나는 희망입니다. 둘 중 어느 하나만으로는 안 됩니다. 그래서 저는 이 빵에 두 가지 의미를 다 담았습니다."

"빵이 워낙 커서 배부르게 한다는 건 알겠는데, 희망은 어떻게 담았다는 거죠?"

미우라 사장이 물었다.

"우리는 가끔 어떤 힘에 눌려 힘든 시기를 보낼 때가 있습니다. 보름달이 지구 그림자에 가려 붉은빛을 띠는 블러드문이 될 때처럼요. 그러나 시간이 지나면 블러드문은 지구 그림자에서 벗어나 본래의 모습을 되찾습니다. 그게 순리지요. 다시 찾은 빛은 더욱 밝고 선명합니다. 그러므로 붉은 달은 절망이 아닌 희망이지요. 저는 이런 의미를 빵에 담아 붉은색으로 표현했습니다. 붉은색은 눈에 좋은 결명자 우린 물로 냈습니다."

단이의 말이 끝나자 공사관 관리와 제빵사가 확인이라도 하려는 듯 다시 빵을 떼어 음미했다. 미우라 사장도 심각한 표정으로 빵을 떼어 입에 넣었다.

"잘 들었어요. 자리에 가서 기다려 주세요."

심사 위원장이 말했다.

단이는 자리로 돌아와 안도의 한숨을 내쉬었다. 이마에 땀이 송골송골 맺혔다. 땀을 닦다 저편에 있는 히로세와 눈길이 마주쳤다. 히로세가 마치 못 볼 것이라도 본 양 황급히 고개를 돌렸다.

'쳇, 누가 보랬나?'

히로세는 본선 경연이 시작될 때부터 단이를 철저히 무시했다. 없는 사람처럼 대했다. 본선 경연이 최종 후보인 두 사람이 대결하는 게 아니라, 마치 저를 위한 잔치인 양 사람들 앞에서 거들먹거렸다. 단이 눈에는 히로세의 그런 행동이 유치해 보였다.

단이는 짐을 싸 두고 결과를 기다렸다. 한참이 지나도록 결과가 발표되지 않았다. 심사 위원들은 계속 이야기를 나누고 있었다. 결과를 기다리다 지친 사람들이 술렁거렸다.

"도대체 평가를 하고 말고 할 게 뭐가 있어? 당연히 우승자는 히로세지."

단이 들으라는 듯 누군가 큰 소리로 말했다.

"미우라 사장이 조선인 여자에게 경연 참가를 허락했다면서?"

"조선인들이 우리 제빵 기술을 훔치려 한다면서?"

단이가 소리 나는 쪽을 쏘아보았다. 역시 히로세 패거리였다. 히로세는 표정이 굳은 채 앉아 있었다. 조금 전과는 영 다른 모습이었다. 발표가 늦어지니까 불안해지는 모양이었다.

그때였다. 툭툭 마이크 치는 소리가 나더니 진행자가 나타났다. 사람들이 일제히 집중했다. 단이도 떨리는 가슴을 누르며 진행자를 쳐다보았다.

"에, 여러분에게 죄송한 말씀을 드립니다. 결과 발표는 내일로 미뤄졌습니다. 공정하게 평가하기 위해 좀 더 논의가 필요하다고 심사 위원 측이 입장을 밝혔습니다. 내일 최종 우승자 발표를 모

야제과점에 붙여 놓는다고 합니다. 궁금하신 분들은 내일 모야제
과점에 나와 확인하시기 바랍니다."

· 그렇게 하고 싶지 않습니다

○

　다음 날 아침, 제과점에 갔더니 먼저 출근한 귀남이 손가락으로 2층을 가리켰다.

　"사장님이 오래."

　"왜?"

　"몰라. 표정이 안 좋으시던데 무슨 일일까?"

　단이는 어제 경연으로 무슨 꼬투리를 잡으려는 것은 아닌가 걱정되었다. 경연 규정을 어긴 건 없지만, 꼬투리를 잡자고 들면 얼마든지 만들어 낼 수 있으니까. 정태 일만 해도 그렇다. 미우라 사장은 분명히 사건의 진실을 알고 있을 터였다. 그런데도 히로세 편을 들었다. 결국 자신의 이익 앞에서 팔이 안으로 굽은 것이다.

"부르셨습니까?"

사장실로 들어가니 책상 위에 접시 두 개가 나란히 놓여 있었다. 어제 경연에서 단이와 히로세가 만든 빵이었다.

"이 빵, 강단 양이 만든 거 맞습니까?"

사장이 단이가 만든 빵을 가리키며 물었다.

'다 알면서 또 묻는 이유가 뭘까?'

단이는 사장의 의도가 궁금했다.

"네, 어제 경연장에서 제가 만든 빵입니다."

단이는 일부러 또박또박 대답했다.

"어제 경연에서 최종 우승자를 뽑는 데 심사 위원들의 의견이 나뉘었소. 결국 내 한 표로 승자를 가릴 것인데, 강단 양이 만든 빵은 새롭기는 하나 너무 투박한 게 흠이오. 그러나 질리지 않는 담백한 맛이 있었소. 무엇보다 빵에 대한 해석이 이 빵을 더욱 빛나게 했소."

대체로 괜찮은 심사 평이었다.

"히로세가 만든 빵은 기술적인 면에서 훨씬 뛰어나오. 모양과 색, 맛까지 흠잡을 데가 없소. 빵은 파는 것이 목적이니 그것은 아주 중요한 장점이지. 그러나……."

사장은 말을 하다 말고 긴 한숨을 내쉬었다.

"히로세의 빵에는 새로움이 없소. 내가 가르친 것을 훌륭하게 재현해 냈을 뿐, 스스로 빵의 의미를 찾아내진 못했소. 제빵은 기술이 다가 아닌데."

단이는 침을 꼴깍 삼켰다. 그 소리가 너무 크게 들렸다.

"많이 생각한 끝에 대회의 본래 취지에 맞는 강단 양의 빵에 내 한 표를 주기로 했소."

사장이 단이가 만든 빵을 든 채 말했다. 야호! 단이는 하마터면 소리를 내지를 뻔했다. 그러나 고심에 찬 사장의 표정 앞에서 꿀꺽 삼켜야 했다. 어쨌든 단이가 경연에서 최종 우승을 했다는 발표인 건 틀림없었다.

"감사합니다."

단이는 하늘까지라도 펄쩍 뛰어오르고 싶었지만 애써 침착하며 사장에게 인사를 꾸벅했다.

"정말 제가 우승한 거지요?"

단이는 확인이라도 하듯 물었다.

"그렇소. 강단 양이 만든 '세상에서 가장 배부른 빵'이 최종 우승이오."

단이는 히로세에게 우승이 돌아갈 거라고 생각하고 마음을 내려놓고 있었다. 그런데 사장이 자신의 손을 들어 준 것이 너무나 뜻밖이었다. 고민 끝에 내린 결정임이 사장의 표정에 고스란히 드러났다. 정태 말처럼 제빵에서만큼은 사장의 진심이 살아 있음을 알 수 있었다. 단이는 얼른 이 기쁜 소식을 엄마와 정태, 윌리엄에게 알리고 싶었다.

"그러나 조건이 있소."

"조건이요?"

단이는 가슴이 철렁했다.

"제빵에 대해 수습 기간이 전혀 없는 강단 양을 모야제과점 정식 제빵사로 인정할 순 없소. 그건 형평에 어긋나오. 대신 수습생으로 받아 줄 용의는 있소. 또한 부상으로 지원하기로 약속한 제과점 개업도 안 되겠소. 앞에서 말한 이유와 같소. 그러나 그에 준하는 보상은 하겠소. 팥죽 가게를 돌려주겠소."

"네? 가게를 돌려준다고요?"

단이는 가게를 돌려준다는 말에 귀가 번쩍 뜨였다. 가게만 찾을 수 있다면 더 바랄 것이 없었다. 그리고 미우라 사장이 말한 의도도 어느 정도 수긍되었다. 오랜 시간을 투자해 배우고 있는 수습생들 입장에서는 불공평하게 보일 터였다.

"우리 가게만 돌려주신다면…… 괜찮습니다."

인사를 하고 나오려는데 사장이 말했다.

"내 얘기 아직 끝나지 않았소."

"네?"

"이미 알고 있겠지만, 공지한 것처럼 빵의 조리법과 판매권을 모야제과점에 넘겨야 하오. 자, 여기에 서명하시오."

사장이 종이 한 장을 단이 앞으로 내밀었다.

서약서.

경연에서 우승한 빵에 대한 모든 권리를 모야제과점에 넘긴다
는 내용이었다.

단이는 망설였다. 처음부터 알고 있던 조건이지만 왠지 내키지
않았다. 그 문제에 대해서는 깊이 생각해 보지 않았다. 어떻게든
경연에 참가하는 것이 목표였고, 히로세와 경쟁해야 하는 상황이
라 우승은 생각도 하지 못했다. 조선인은 안 된다는 저들의 무지
를 깨 주고 싶어 도전했고, 경연을 준비하면서부터는 빵 만드는
일 자체가 좋았을 뿐이다.

"어서 서명을 하시오."

미우라 사장이 재촉했다.

"잠깐만요, 생각할 시간을 좀 주세요."

"생각할 시간? 이건 당연히 밟아야 할 절차요."

사장은 이해할 수 없다는 표정으로 단이를 쏘아보았다.

"알고 있습니다. 그래도 하루만 생각할 시간을 주세요. 내일까
지 답을 드릴게요."

"안 되오. 이 서약서는 우승자에게만 적용되는 거요. 서명함과
동시에 곧바로 우승자를 발표할 것이오."

"그럼 잠깐이라도 좋으니 생각할 시간을 좀 주세요. 부탁드립니
다, 사장님!"

사장이 한참을 망설이더니 입을 열었다.

"좋소. 강제로 서약서를 받을 생각은 없소. 오늘 점심시간까지

답을 줘야 하오. 그때까지 외출을 허락하겠소. 단, 나와 나눈 이야기는 비밀로 해야 하오. 만약 강단 양이 서명하지 않는다면, 우승자는 바뀔 테니까."

단이는 무거운 마음으로 사장실을 나왔다.

귀남이 재빨리 주방으로 따라 들어왔다.

"무슨 일이야?"

"나 밖에 좀 나갔다 올게."

걱정해 주는 귀남을 뒤로하고, 단이는 서둘러 제과점을 나왔다.

단이는 길을 걸으며 곰곰 생각했다.

'가게를 되찾아 다시 엄마랑 팥죽 장사를 할까? 엄마가 팔을 못 쓰는데 어떻게? 내가 엄마한테 제대로 배워서 하면 되지. 근데 난 팥죽보다 빵 만드는 게 더 좋은데. 그럼 모야제과점 수습생으로 들어가서 제대로 제빵 기술을 배워 볼까? 서명을 하면 내가 만든 빵의 권리를 모야제과점에 넘겨줘야 하고, 영원히 내 것이 아닌 게 되어 버려. 안 돼. 미우라 사장에게 또 빼앗길 수는 없어. 그렇지만 아픈 엄마와 살 궁리를 해야지.'

생각은 수렁에 빠진 바퀴처럼 헛돌았다. 어느 쪽으로도 결정할 수가 없었다. 이럴 때는 누가 속 시원하게 결론을 내려 주면 좋겠다 싶었다.

'엄마랑 의논해 볼까? 아니 정태랑? 윌리엄 선교사님이랑?'

그마저도 쉽게 정할 수가 없었다. 단이의 마음은 천근만근 무거웠다.

'근데 여기가 어디지?'

생각에 잠긴 채 무작정 걷다 보니 자신이 어디로 가고 있는지도 몰랐다. 발걸음을 멈추고 주변을 둘러보니 낯익은 건물이 눈에 들어왔다.

'결국 여기로 왔네.'

단이는 자신의 마음이 윌리엄에게 이끌었다고 여기며 사택으로 들어갔다. 윌리엄은 마당에서 허물어진 울타리를 고치고 있었다.

"선교사님!"

"오, 강단! 어서 와요. 그런데 얼굴이 왜 그래요? 무슨 걱정 있어요?"

"선교사님, 저 좀 도와주세요."

단이의 절박한 표정을 보고 윌리엄이 정색하며 물었다.

"무슨 일이에요?"

단이는 윌리엄에게 사장과 나눈 이야기를 털어놓았다.

"난 또 무슨 일이라고. 이건 기쁜 일이에요. 그렇게 불행한 얼굴을 하고 있을 일이 아니에요. 간단하게 생각해요."

단이와 다르게 윌리엄은 이 문제를 심각하게 생각하지 않았다.

"어떻게요?"

"강단이 원하는 대로 하면 돼요."

"제가 뭘 원하는지를 모르겠어요. 마음이 갈팡질팡해요. 이거 다 싶으면 저것이 마음에 걸리고, 저거다 싶으면 이것이 아쉽고 그래요."

"강단은 이미 자기 마음을 알고 있어요. 강단은 자신의 빵을 포기하고 싶지 않은 거예요. 그래서 미우라 사장의 제안을 덥석 받아들이지 않은 거예요."

단이는 순간 가슴을 꽉 막고 있던 무언가가 쑥 내려가는 것 같았다.

"선교사님 말을 듣고 보니 그런 것 같아요. 경연에서 우승한 건 기쁘고 자랑스럽지만, 그 때문에 내줘야 하는 것도 똑같이 중요하다는 생각이 들었어요."

"더 고민하지 말고 용기 내서 선택해요. 선택에도 용기가 필요한 법이에요."

"선교사님을 찾아오길 잘했어요."

"어머니한테 이 기쁜 소식을 전하고 강단의 선택을 말씀드리세요. 분명 반대하지 않으실 거예요."

"아니에요. 엄만 제 말을 들으면 버럭 소리부터 지를 거예요. 아직 배가 덜 고팠다고요. 엄만 등 따습고 배부른 게 제일이라 생각하고 사니까요. 정태도 그럴 거예요. 정태는 제빵 정보를 얻으려고 자존심도 버리고 히로세 심부름까지 했어요. 게다가 저 때문에 이번 경연에도 못 나갔잖아요. 차라리 제가 본선에서 떨어졌다고 믿는 게 맘 편할 거예요."

"그렇지 않아요. 두 사람은 진심으로 강단을 사랑해요. 사랑하는 사람은 아픔도 기쁨도 함께하는 거예요."

정말 그럴까요, 하고 되묻고 싶었지만 단이는 말을 삼켰다.

단이는 선교사 사택을 나와 부지런히 집으로 갔다. 윌리엄의 말대로 엄마와 정태에게 사실대로 말하기로 마음먹었다. 그렇게 하지 않으면 두고두고 마음이 편치 않을 것 같았다.

"뭐? 네가 지금 제정신이야? 아직 배가 덜 고팠구나. 어떻게 그걸 포기해?"

역시 예상한 대로 엄마는 또 그 배고픈 타령이다.

"그렇지만 먹기 싫은 거 먹고 속이 불편하면 그것도 못 할 짓이지. 그래, 잘했다. 등 따습고 배부르게 살려면 우선 속이 편해야지. 잘 생각했어! 그래도 네가 이 어미 닮아 음식 솜씨는 있어서 결국 1등 했구먼."

엄마는 말은 그렇게 하면서도 못내 아쉬운지 눈물 한 방울을 찍어 냈다. 통 크게 이해해 준 엄마에게 더없이 감사했다.

"엄마, 내가 더 열심히 해서 가게 꼭 마련할게요."

"됐어, 고집까지 나를 닮아 가지고."

정태에게도 사실대로 말했다. 정태는 한동안 말이 없더니 입을 열었다.

"그래, 강단 너니까 그럴 수 있다. 나 같으면 그런 결정 내리기

힘들었을 거야. 단이 네가 한 선택이라면 난 믿어. 수습생 자리도 팥죽 가게도 다 포기하고 네 빵을 지키고 싶은 그 마음 이해해."

정태는 누구보다 단이의 마음을 잘 알고 있었다. 단이는 후련한 마음으로 모야제과점으로 갔다.

미우라 사장이 서약서를 내밀었다.

"사장님, 그렇게 하고 싶지 않습니다. 제 빵을 포기할 수는 없습니다."

단이는 서약서를 사장 앞으로 밀었다. 순간 사장의 얼굴이 굳어졌다.

"후회하지 않겠소?"

사장이 단호하게 물었다.

"네, 많이 생각했습니다. 제 어머니도 그리하라 하셨습니다. 등 따습고 배부른 게 제일이라고 늘 말씀하시는 어머니도 무엇보다 중요한 건 속이 편한 것이라고 했습니다. 불편한 속으로 배부른 건 더 불행한 거라고요."

"알겠소. 그럼 히로세가 우승자가 될 거요. 그리 발표하겠소."

사장이 단이가 보는 앞에서 서약서를 찢었다.

"저를 보기 불편하실 테니 제과점을 그만두겠습니다."

"강단 양의 생계가 나한테도 책임이 있다고 하지 않았소? 그러니 제과점은 그만두지 않아도 되오."

"아닙니다. 그럴 수는 없습니다. 저도 남아 있는 게 불편할 것 같습니다."

단이가 뒤돌아 나오려는데 사장이 단이를 불러 세웠다.

"조선인들이 강단 양만 같다면, 내 다시 생각해야겠소."

달빛제과점

　　　　　　　　　　○

　단이가 모야제과점을 나간 뒤 미우라 사장의 태도가 눈에 띄게 달라졌다. 히로세에게 조선인 종업원을 차별하지 말라고 단속시키고, 정태에게 다시 출근하라고 연락했다.

　사장은 정태의 정직함을 잘 알고 있었다. 정태는 재료상에서 배달 일을 할 때부터 단 한 번도 사장의 눈을 속이거나 게으름을 피운 적이 없었다. 히로세와 비슷한 나이인데도 성실한 단이와 정태를 보면서 사장은 질투심이 일었다. 그래서였을까. 히로세의 말이 거짓인 줄 알면서도 정태를 경연에 참가하지 못하게 했다. 그러나 단이를 통해 조선 청소년의 용기와 의지를 보았다. 빵이 좋아 빵을 만들겠다는 순수한 두 사람의 진심 앞에서 사장은 더는 자신을 속일 수 없었다. 그래서 정태를 다시 부른 것이다. 정태는 모야제과점으로 돌아왔지만 더는 히로세에게 휘둘리지 않았다.

'저런 아이가 일본인이면 좋으련만.'

히로세는 눈썰미가 있어 빵은 곧잘 만들지만 빵에 대한 진정성이 없었다. 사장은 잘못 만들어진 빵은 제과점에서 팔지 못하게 했다. 자신이 만든 빵에 대해 결벽증에 가까운 자신감을 가지고 있었다. 그런데 히로세가 그 빵을 빼돌려 지점에서 팔고 있었다.

"언제까지 속일 작정이었어? 너는 내 위신을 떨어뜨렸어."

사장은 화가 나 히로세를 불러 나무랐다.

"빵은 기술이 전부가 아니야. 빵을 생각하는 진심 어린 마음과 제빵사로서의 자존심이 중요해."

"버리라고 하셨지만 아까워서 그랬어요. 다시는 그런 일 없도록 할게요."

그러나 히로세는 말뿐이었다. 실력보다는 꼼수가 앞섰고, 새로운 빵을 만들어 내려고 노력하기보다는 교만을 먼저 배워 버렸다.

사장은 히로세에게 단이가 제과점을 나가게 된 사연을 이야기했다. 히로세는 자존심은 상했지만 우승을 거부하고 싶지는 않았다. 양심의 눈을 한 번만 질끈 감아 버리면 많은 것을 얻을 수 있다고 생각했다.

"삼촌은 그까짓 조선 계집애 하나가 무슨 대수라고 그리 아까워하세요?"

사장이 굳이 단이 이야기를 히로세에게 한 것은 깨달음을 주기 위해서였다. 그러나 히로세는 부끄러움을 몰랐다. 사장은 히로세가 저렇게 된 것도 자신에게 책임이 있다고 생각해 마음이 착잡했다.

"힘이 센 건 우리 일본이지 히로세 네가 아니야. 그리고 일본에 무릎 꿇은 건 조선이지 조선의 아이들이 아니야. 조선에는 강단과 김정태 같은 아이들이 수도 없이 많아. 정신 차려라, 그 자리에서 밀려나지 않으려면."

낮말은 새가 듣고 밤말은 쥐가 듣는다는 속담처럼 어떻게 새어 나갔는지 모야제과점 직원들 사이에서 경연의 비밀을 모르는 사람이 없었다.


귀남이 단이를 찾아 집으로 왔다.

"어머, 귀남아! 네가 웬일이야?"

단이는 귀남이 찾아올 줄은 생각도 하지 못했다.

"넌 어쩜 그렇게 인정머리가 없니?"

"어?"

"반년이 넘게 함께 일했으면서 인사도 없이 그렇게 가 버리는 법이 어디 있냐."

귀남은 단이가 제과점을 나간 이유를 나중에야 알고 걱정되는 마음이 컸다. 용감하게 경연에 도전하고 사장 앞에서도 당당하게 할 말 다 하는 단이가 좋았다.

단이는 급하게 제과점을 나올 수밖에 없었던 이유를 귀남에게
설명하고 사과했다.

"괜찮아, 처음엔 영문을 몰라 널 원망했지만. 그보다 히로세는
기고만장해 가지고 제가 제빵왕이라도 된 양 거들먹거려 눈꼴사
나워. 그나저나 네 고집도 참 대단하다."

"고집이 아니라 소신이라고 해 줄래?"

단이가 웃으면서 말했다.

"그래그래, 네 팔뚝 굵다. 됐냐?"

"뭐? 호호호."

단이는 정태를 제외하고는 귀남이 처음 사귄 친구였다. 귀남이
부모님은 딸만 줄줄이 넷을 낳고 다음에는 꼭 남동생을 보라고
사내처럼 귀남이라는 이름을 지어 줬단다. 그런 귀남은 이름과는
다르게 눈치도 빠르고 붙임성이 좋아서 미우라 부인이 유일하게
예뻐하는 조선인 종업원이었다.

단이는 이참에 윌리엄과의 관계를 고백해야겠다고 생각했다.
진작부터 말하고 싶었지만 시기가 적절하지 않아 미루다 지금까
지 와 버렸다. 귀남의 반응이 예상되어 진땀이 났다.

"귀남아, 너한테 고백할 게 있어."

"고백? 징그럽게 왜 그래?"

"진작에 말했어야 하는데……."

"너답지 않게 왜 이래? 뭔데 그래?"

단이는 윌리엄과 인연을 맺게 되고 제빵을 배운 이야기를 털어놓았다.

"뭐라고?"

아니나 다를까. 귀남의 눈이 튀어나올 것처럼 커졌다. 예상했던 반응이다. 단이는 귀남이 진정될 때까지 나 죽었소, 하고 기다렸다.

"그러니까 너랑 우리 선교사님이랑 진작부터 아는 사이였다고? 게다가 선교사님이 너한테 빵 만드는 법을 매일 가르쳐 주셨다고? 그런데 나한테 왜 숨겼어? 그럼 지금까지 선교사님도 시치미를 딱 뗀 거네?"

"선교사님께는 내가 부탁했어. 경연 끝나고 다 말하겠다고. 처음부터 숨기려고 한 건 아니야. 갑자기 그렇게 된 거야. 내가 모야제과점에 오기 전에 우연히 만났는데, 그러고 나서 다시 만나게 된 건 미우라 사장이 경연 심사를 부탁하는 문제로 선교사님이 제과점에 오신 그날부터야. 귀남아, 정말 미안해. 한 번만 용서해 주라, 응?"

단이는 귀남을 달래느라 진땀을 뺐다.

"너랑 친구 하는 거 심각하게 다시 생각해 봐야겠어. 이런 앙큼쟁이랑 어떻게 친구를 해?"

귀남이 단이에게 곱게 눈을 흘겼다.

"맞아, 조심해. 나 아주 앙큼하니까, 히히히."

"뭐야?"

단이가 옆구리를 끌어안으며 간지럼을 태우자 그제야 귀남이 웃음을 터뜨렸다.

하하하, 호호호. 두 친구의 웃음소리가 한동안 그칠 줄 몰랐다.


단이는 윌리엄의 소개로 선교회에서 일하게 되었다. 선교사들의 식사를 맡아 준비하는 식당에서 주방 아주머니를 도왔다. 그리고 이따금 '희망빵'과 '세상에서 가장 배부른 빵'을 만들었다.

"야, 실력이 보통 아니네. 아주 맛있어요. 여기서 썩히기엔 아까운 재주네."

선교사들이 칭찬을 아끼지 않았다.

"맛있다고 말씀해 주시니 고맙습니다."

단이는 식당에서 일하는 틈틈이 여러 가지 빵을 만들었다. 윌리엄이 필요한 재료를 준비해 주었다.

선교회 식당에서 일한 지 1년이 되어 가는 어느 봄날이었다.

"강단, 우리 선교회에서 쓰던 상점이 더는 쓰지 않게 되어 지금 비어 있어요. 그곳에서 빵집을 해 보지 않을래요? 선교회가 운영하는 학교와 보육원과 연결하면 운영하는 데는 어려움이 없을 거예요. 우리도 대놓고 거래할 빵집이 있으면 좋은 일이고. 가게에 필요한 기구들은 우리가 지원해 줄게요."

"정말요? 감사합니다. 열심히 해 보겠습니다."

마음속으로만 꿈꾸어 오던 빵집을 할 수 있게 되다니 정말 꿈만 같았다.

단이는 엄마와 머리를 맞대고 가게 이름을 무엇으로 할지 고민했다. 엄마는 '단이네 빵집'으로 하자고 했다. 예전에는 팥죽을 팔아서 '단이네 팥죽'이었지만 앞으로는 빵을 팔 테니 '단이네 빵집'으로 해야 한다고 우겼다.

"좀 더 멋있는 이름 없을까?"

"멋은 무슨 얼어 죽을 멋이야? 빵집이면 그냥 빵집이라고 하면 되지, 더 멋있는 이름이 뭐가 필요해? 네 이름 붙이기 싫으면 내 이름을 붙여?"

"지금 농담해요?"

단이가 엄마에게 쏘아붙이다가 갑자기 웃음을 터뜨렸다.

"푸하하, 월순이네 빵집?"

단이가 배를 잡고 웃자 엄마가 눈을 흘기며 말했다.

"내 이름이 촌스럽긴 해도 우리 아버지가 좋은 뜻으로 지어 준 거야. 달 월, 순할 순! 순한 달빛처럼 곱게 살라는 뜻이지. 근데 우리 엄마는 고운 게 밥 먹여 주냐며 아무쪼록 배부르고 등 따습게 살아야 한다고 했지. 그러고 보니 엄마 아버지 뜻을 다 못 받들었네. 이 모양으로 살고 있으니……."

'순한 달빛?'

단이는 마치 진흙 속에서 진주를 발견한 것처럼 귀가 번쩍 뜨였다. 단이는 달을 유난히 좋아했다. 보름달이든 반달이든 눈썹달이든 달은 다 좋았다. 게다가 경연에서 선보인 '세상에서 가장 배부른 빵'도 블러드문이 뜬 날 생각해 내지 않았던가.

"엄마, 우리 빵집 이름 생각났어."

"그래? 뭔데?"

"달빛 빵집."

"달빛 빵집? 그거 괜찮네. 근데 이왕이면 제과점이라고 해. 품위 있고 듣기도 좋게. 달빛제과점 어때?"

"엄마 말이 맞아. 달빛제과점이 좋겠어."

모처럼 모녀가 의기투합하여 근사한 일을 해냈다.


드디어 달빛제과점이 처음 문을 여는 날, 정태와 귀남이 일찍부터 와서 도와주었다. 제과점 개업 날인데 가게에 팥죽 냄새가 진동했다. 엄마 때문이다. 단이는 제과점에 팥죽이 웬 말이냐고 말렸지만 엄마 고집을 꺾을 수 없었다.

"자고로 팥죽은 잡신과 악귀를 쫓는 영험한 음식이야. 여러 사람 도움 받아서 시작하는 귀한 제과점 아니냐. 액운도 막고 악귀가 발을 못 붙이게 손써야지."

엄마는 팥죽을 푸짐하게 쑤어 주변 가게에도 한 대접씩 돌렸다. 단이는 개업 첫날 내놓을 빵을 굽느라 새벽에야 잠이 들어 피

곤했지만 진열대에 수북하게 쌓인 빵을 보자 마음이 푸근해졌다. 보기만 해도 배가 부를 만큼 큼지막한 빵이다.

귀남이 유리창에 '세상에서 가장 배부른 빵, 싸게 팔아요'라고 크게 쓴 종이를 붙이고 들어왔다.

"넌 역시 눈치가 빨라, 후후."

"빵을 못 만드니까 이런 거라도 잘해야지. 흠, 이래 봬도 내가 달빛제과점 점장님 아니니."

"그래, 귀남이 넌 열심히 팔아. 난 열심히 빵을 만들 테니까."

그때 윌리엄이 문을 열고 들어왔다.

"아이고, 우리 선교사님 오셨네. 팥죽 다 불었겠어요."

엄마가 팥죽을 휘젓던 커다란 나무 주걱을 휘두르며 윌리엄을 맞았다.

"아, 죄송합니다. 내가 제일 늦었네요."

"아니에요. 저희가 마음이 급해서 빨리 가게 문을 열었어요, 히히히."

귀남이 윌리엄 앞에서 강아지처럼 애교를 부렸다. 그 모습에 모두 환하게 웃었다.

"선교사님, 감사합니다. 선교사님이 아니었으면 엄두도 못 냈을 거예요. 빵 만드는 거 가르쳐 주신 것만 해도 감사한데, 가게까지 낼 수 있게 도와주시고."

단이는 윌리엄에게 진심으로 감사했다.

"모두 주님의 뜻이지요. 강단은 내가 본 사람 중에 빵과 제일 많이 닮았어요. 빵이 주는 행복감도 가졌고요. 처음 먹은 마음을 잃지 말고 좋은 빵을 만들어서 가난한 조선 사람들이 배부르게 먹을 수 있도록 하세요."

"네, 명심할게요."

단이 곁에 서 있던 정태가 한마디 거들었다.

"걱정하지 마세요, 선교사님. 제가 잘 감시할게요. 이제 저도 어엿한 모야제과점 수습생이잖아요. 단이가 초심을 잃으려 하면 제가 바로 달려와서 혼낼게요."

정태가 단이에게 눈을 찡긋해 보였다.

"든든한 정태 군이 있다는 걸 깜박했네요, 하하하."

정태는 그토록 원하던 모야제과점 수습생이 되어 제빵 기술을 배우고 있다. 정태도 나중에는 꼭 자기가 꿈꾸던 빵을 만들고 제과점을 열 것이다.

허름한 옷차림에 뱃가죽이 초승달처럼 꺼진 소년이 가게 문을 열고 들어왔다.

"어서 오세요!"

귀남이 상냥한 목소리로 첫 손님을 맞았다.

"세상에서 가장 배부른 빵이 어떤 거예요?"

"네, 바로 이 빵이에요."

"어? 빵이 이렇게 큰데 정말 이렇게 싸요?"

"우리 달빛제과점 사장님은 맛있는 빵을 싸게 팔아서 손님들이 배부르게 먹을 수 있게 하는 게 꿈이거든요. 그 꿈을 담은 빵을 팔기 위해 제과점을 열었답니다."

귀남의 말에 소년의 표정이 환하게 밝아졌다. 저쪽에서 엄마가 양손을 번쩍 들어 보이며 미소를 지었다. 모두 엄마를 따라 빙그레 웃었다.

작가의 말

사람은 저마다 꼭 하고 싶은 일이 있다. 재능과는 상관없이 말이다. 그런데 자신이 어떤 재능을 가졌는지 알기는 쉽지 않다. 살아가면서 어느 순간 문득 깨닫게 되는 경우가 많다. 어떤 일을 할 때 즐겁고 행복해서 시간 가는 줄 모를 때가 있는데, 그런 일이 바로 자신이 하고 싶은 일이 아닐까. 그러나 세상은 심술궂은 마녀 같아서 하고 싶은 일을 하도록 가만 놔두지 않는다. 특히 청소년들에게는 마녀의 심술이 더 심한 듯하다.

특별한 재능이 발견되지 않는 한 청소년들은 공부에 매달려야 한다. 많은 사람들이 가는 방향이 가장 안전하다고 여기는 기성세대의 안일함에 등 떠밀린 채. 나의 청소년 시절도 마찬가지였다. 그 시절의 나는 무슨 일을 하고 싶었던가 되돌아보았다. 뚜렷하게 떠오르는 게 없다. 그렇다면 무엇을 할 때 시간 가는 줄 모르게 즐거웠나 더듬어 보았다. 친구들과 어울려 놀 때를 제외하면 그 또한 특별한 기억이 없다. 그런데 짓궂게도 어른이 된 지금은 하고 싶은 게 너무 많다. 그림도 그리고 싶고, 악기 연주도 배우고 싶고, 여행도 다니고 싶고……. 짬짬이 하고 있기는 하지만 그것을 도전이라고 하기에는 부끄러울 뿐이다.

만약 청소년 시절로 돌아간다면 무엇에 도전해 볼까 상상해 보았다. 제빵사에 도전해 보고 싶다. 삼시 세끼 밥 대신 빵을 먹으라고 해도 대찬성일 만큼 빵을 좋아하기 때문이다. 한때는 전국에 이름난 빵집을 찾아다니며 빵 맛에 빠진 적도 있다. 그 대가로 빵살이 붙기는 했지만 빵을 먹는 순간만큼은 참 즐겁고 행복하다. 빵이 도대체 무엇이기에 그토록 나를 사로잡은 걸까.

빵의 기원은 정확하게 알 수는 없지만 대략 5천 년 전부터 시작되어 인류 문명을 이끌었다고 본다. 우리나라에는 19세기 말 선교사들이 처음 소개했고, 일제 강점기에 일본인 제빵사들이 들어와 제과 업소를 차리면서 본격적으로 알려지게 되었다. 이제 빵은 우리에게 없어서는 안 될 먹거리로 자리 잡았다.

언젠가 내가 빵을 유난히 좋아하는 걸 아는 지인이 빵이 그렇게 좋으면 제빵사가 되지 왜 작가가 되었냐고 물었다. 웃음으로 넘기고 말았지만 왠지 잃어버린 꿈처럼 아쉬운 마음이 들었다. 사실 지금은 내가 먹을 빵은 직접 만들어 먹는다. 그러나 이제 와 열정을 쏟아 본들 전문 제빵사가 되기는 현실적으로 불가능할 터, 작가가 되었으니 소설에서라도 제빵사가 되어 봐야지 하는 오기가 생겼다.

《꿈을 파는 달빛제과점》은 그런 아쉬움과 열정을 반죽해 구운 작품이다. 단이와 정태는 가난 때문에 어린 나이에 제과점에서 종업원으로 일한다. 제과점 사장은 최고의 제빵 실력을 갖춘 제빵사지만 조선인을 무시하고 차별하는 일본인이다. 제과점에서 매년 제빵 경연대회를 연다는 것을 안 단이와 정태는 경연에 도전하기로 의기투합한다. 조선인의 참가를 거부하는 사장의 부당함에 맞서 끝까지 포기하지 않는다. 두 사람의 빵에 대한 진심과 열정, 도전 정신에 감동한 사장은 결국 마음을 연다.

소설의 시대 배경을 일제 강점기로 정한 것은 지금 우리 청소년들이 처한 현실이 그 시절과 크게 다르지 않다고 생각하기 때문이다. 일본의 횡포와 억압 속에서도 꿈을 꾸고 당차게 도전하는 단이와 정태처럼 우리 청소년들도 자신이 하고 싶은 일을 꼭 찾고 도전해 보기를 간절히 바란다.

2022년 이른 봄날
김미승

오늘의
청소년
문학
35

다른 포스트

뉴스레터 구독

# 꿈을 파는 달빛제과점

**초판 1쇄**  2022년 2월 28일
**초판 5쇄**  2024년 4월 5일

**지은이**  김미승

**펴낸이**  김한청
**기획편집**  원경은 차언조 양희우 유자영
**마케팅**  현승원
**디자인**  이성아
**운영**  설채린

**펴낸곳**  도서출판 다른
**출판등록**  2004년 9월 2일 제2013-000194호
**주소**  서울시 마포구 동교로27길 3-10 희경빌딩 4층
**전화**  02-3143-6478  **팩스**  02-3143-6479  **이메일**  khc15968@hanmail.net
**블로그**  blog.naver.com/darun_pub  **인스타그램**  @darunpublishers

**ISBN**  979-11-5633-446-0  44810
         978-89-92711-57-9 (SET)

 다른 생각이
다른 세상을 만듭니다